FC서울
때문에 산다

SEOUL 1983

FC서울
때문에 산다

SEOUL 1983

bs
브레인스 토어

CONTENTS

Chapter 1.
압구정

APGUJEONG

1983 ~ 1989

대한축구협회에서 파견근무 중이었던 한웅수(당시 25세)에게 전화가 한 통 걸려왔다. 럭키금성그룹 기획조정실이었다. 용건은 간단했다. 프로축구단을 만드는 데 일할 사람이 필요하다고 했다. 그해 프로축구 리그인 '수퍼리그'가 막 출범했던 차였다. 한웅수는 대한축구협회 파견 근무를 정리하고 원 소속이었던 대한생명을 퇴사했다. 새 직장의 이름은 '럭키금성스포츠'였다.

1983년 출범한 수퍼리그는 '프로'라는 명칭이 무색할 정도로 볼품 없었다. 5개 구단이 참여했던 '미니 리그'였다. 심지어 프로구단은 할렐루야독수리와 유공코끼리뿐이었고, 나머지 3개 구단(포항제철돌핀스, 대우로얄즈, 국민은행까치)은 실업팀이었다. 프로축구리그의 출범 계기도 대단하지 않았다. 1년 전에 프로야구가 시작됐기 때문이었다. 유럽

리그를 벤치마킹한다든가, 시장 수요를 조사한다든가, 심지어 연고지나 홈경기장 같은 개념조차 없었다. 야구가 하니까 축구도 하자는 그 이상도 이하도 아니었다.

"당시 실업팀과 프로팀이라고 해봤자 큰 차이 없었다. 느닷없이 프로를 표방했을 뿐이었다. 준비도 없이 야구가 1년 전에 프로화하면서 '우리도 프로를 만들자'라고 했다. 프로가 뭔지 개념도 없으면서 시작했다. 프로야구는 처음부터 함께 딱 시작했지만, 프로축구는 시차를 두고 시작했다. 할렐루야라는 팀이 제일 먼저 생겼고, 그다음에 유공이 창단해서 1983년 리그를 시작했는데 프로팀이 2개밖에 없었다. 나머지는 실업팀을 합류시켰다. 포항제철, 대우가 아마추어팀으로 들어왔고, 1984년이 되어 신생팀인 럭키금성과 현대가 합류했다. 이것 갖고는 너무 적다고 해서 한일은행과 국민은행까지 끼어서 8개 팀을 만들었다. 뭐든지 다 변칙이고 임시변통이었다."

한웅수, 당시 럭키금성황소 팀매니저

1983년 5월 8일 오후 3시반, 동대문운동장에서 유이한 프로 구단인 할렐루야와 유공이 대한민국 최초의 프로축구 경기를 치렀다. 유공의 박윤기가 프로축구 1호 골을 기록했고, 할렐루야의 국가대표 미드필더 박창선이 동점골을 넣어 경기는 1-1 구승부로 끝났다. 이 경기가 끝나자마자 같은 곳에서 대우와 포철의 두 번째 프로축구 경기가 진행됐다. 역시 1-1 무승부로 종료되었다. 첫날 관중은 22,420명으로 집계됐다.

할렐루야와 유공, 포철 선수들은 제대로 쉴 틈이 없었다. 바로 다음날 같은 장소에서 또 경기를 했기 때문이다. 할렐루야가 국민은행을 3-0으로 꺾어 한국 프로축구 역사상 첫 승리를 기록했다. 곧바로 이어진 포철과 유공의 경기는 다시 1-1로 승패를 가르지 못했다. 수퍼리그의 첫 주말 4연전을 보러 동대문운동장을 찾았던 총 관중수는 34,050명이었다. 허겁지겁 출범한 프로축구리그치곤 나쁘지 않은 흥행 성적이었다.

이론적으로는 프로야구보다 프로축구가 유리한 환경이었다. 세계 최고 리그였던 분데스리가에서 '국민 스타' 차범근이 활약하고 있었다. 또한 대한민국 축구 국가대표팀은 박스컵(대통령배국제축구대회), 메르데카컵(말레이시아), 킹스컵(태국), 아시안게임 등 각종 국제대회에서

FC서울 때문에 산다

우승 트로피를 들어올리면서 전국민을 즐겁게 했다. 야구는 고교야구가 최고 인기를 누리고 있었지만, 시설 면에서도 당연히 야구경기장보다는 축구 경기를 치를 수 있는 종합운동장이 많았다. 그런데 1980년대 한국 체육계의 발전상은 축구에 독으로 작용했다.

"초창기에 야구보다 축구가 한 해 늦기도 했을뿐더러 정착이 어려웠던 배경에는 1986년 아시안게임과 1988년 올림픽이 있었다. 선수 차출은 둘째 치고 경기장을 못 쓰게 했다. 경기장들을 리모델링한다면서 서울, 부산, 대구, 광주, 대전 등에 있는 대도시에 있는 경기장을 전부 못 쓰게 했다. 그러니까 프로축구는 변두리만 떠돌았다. 한꺼번에 우르르 몰려다닐 수밖에 없었다. 연고팀도 없는 강릉에 모여서 한 경기씩 하고, 그다음에는 마산에 가서 하고 그런 식이었다. 심지어 거창에서 경기를 한 적도 있었다. 장돌뱅이처럼 떠돌아다니다가 1987년쯤에야 비로소 자리를 잡았다."

한웅수, 당시 럭키금성황소 팀매니저

"홈그라운드 같은 건 없었다. 그때는 전부 유랑 극단이었다. 안동에서도 하고, 강릉에서도 했다. 한 곳에 6개 구단이 전부 모여서 경기를 하는 식이었다. 같은 곳에서 경기가 계속 이어졌다. 덕분에 다른 팀 선수들과도 친하게 지냈다. 한군데 전부 모이니까 다 아는 선수들이었다. 천연잔디가 어디 있겠는가? 그냥 맨땅에서 경기를 했다. 통영, 안동, 진주, 충무 등으로 돌아다니면서 맨땅에서 프로 경기를 했다. 어디 시골 운동장 같은 곳에서도 했다. 천연잔디도 있었지만 거의 맨땅이었다."

김현태, 럭키금성황소 창단 멤버

1983년 8월 18일, 럭키금성은 프로축구단 창단을 공식 발표했다. 이 헌조 기획조정실장이 대표이사를 겸임했다. 한국광업제련의 고경환 상무가 단장으로 선임됐고, 해군 축구팀인 '해룡'에서 좋은 실적을 남긴 박세학이 초대 감독으로 결정됐다. 럭키금성은 그룹 차원에서 스포츠단을 활성화한다는 장기 계획을 수립했다. 당시 다른 대기업 스포츠팀은 대부분 계열사에 속한 부서로서 운영되는 게 일반적이었다. 같은 그룹 산하라고 해도 계열사에 따라서 운영 기조가 달랐다. 럭키금성은 이런 기능을 부서가 아닌 별도법인 '럭키금성스포츠'로 통합했다.

물론 창단 작업이 순조롭게 만들어질 토대 따위는 없었다. 완전한 제로베이스였기 때문이다. 가이드라인도 없었고, 프로축구단을 운영해본 경험이 있는 인력도 없었다. 직원 다섯 명이 제로베이스에서 출발해 모든 것을 만들어야 했다. 코칭스태프는 인맥을 총동원해 선수를 수급하러 전국을 돌아다녔다. 프런트 직원들은 선수단이 훈련하고 생활하는 데에 필요한 모든 것을 새로 장만해야 했다. 주위를 둘러봐도 프로축구단 창단 매뉴얼 같은 건 존재하지 않았다. 유럽 축구 역시 물리적으로나 심리적으로나 너무 멀었다. 말 그대로 맨땅에 헤딩이었다.

"서울역 앞에 대우빌딩이 있고, 그 바로 뒤에 붙어 있다시피 했던 삼주빌딩(현 '메트로타워')이었다. 그게 LG그룹의 본사였다. 그곳이 협소해져 1987년에 이사간 곳이 지금 여의도에 있는 트윈빌딩이다. 당시 LG 계열사들은 여기저기 흩어져 있었다. 우리도 처음 창단했을 때는 회장실 직속 한 개 부서 정도 규모밖에 되지 않았다. 그렇게 삼주빌딩에 있다가 엄연히 법인으로서 독립해야 한다고 해서 남대문시장 앞에 있던 도쿄빌딩(호텔) 21층에 사무실을 얻어서 나왔다. 창단 초기에는 아무것도 없었다. 직원이 다섯 명이었는데 단장이 책임자였고, 대표이사는 기획조정실 사장이 겸임했다. 주무였던 내가 거의 모든 업무를 처리했다. 선수단 계약은 계약대로 진행했고, 선수단 숙소, 훈련장, 버스, 하다 못해 숙소에서 선수들이 먹을 식판부터 숟가락, 젓가락까지 전부 다 사야 했다."

한웅수, 당시 럭키금성황소 팀매니저

프로라고 해도 1980년대의 상식에서 벗어나지 않았다. 축구는 팀스포츠이기에 훈련은 물론 생활까지 단체로 해야 했다. 24시간 함께 먹고 자야만 한다는 게 단체 종목의 기본 개념이었다. 전용 훈련장과 선수단 숙소가 필요했다. 럭키금성스포츠는 훈련장 신축 계획을 세웠지만, 1984시즌부터 당장 수퍼리그에 참가하려면 지금 당장 훈련할 구장을 수배해야 했다. 럭키금성황소는 모기업 덕을 볼 수 있었다. 1969년 안양 호계동에 자리 잡은 금성통신 공장 단지 안에 정규 규격 천연잔디 구장이 있었다. 축구단의 연고지였던 충청도(대전 포함)와 아무런 관련이 없어 보였지만, 수퍼리그 초창기에는 그런 부분은 문제가 되지 않았다. 선수단 숙소는 개포동 현대아파트로 끝냈다.

"처음에 팀은 LG전자 공장 단지 안에 있는 천연잔디 구장에서 훈련했다. 강남구 신사동 사거리에서 안세병원(현 강남을지병원) 쪽으로 넘어가다 보면 영동호텔이 있다. 그 앞에서 버스를 타고 훈련장까지 가서 운동을 했다. 훈련이 끝나면 다시 버스 타고 돌아와서 같은 곳에서 내린 다음에 각자 택시를 타고 귀가했다. 조금 지난 다음에 구단이 개포동 현대 아파트를 빌렸다. 숙명여고 근처인데 60 몇 평짜리, 방이 4개인가 5개 있는 집이었다. 거기 감독방이 있었는데 한 채밖에 없어서 형들은 본인 집에서 다녔고, 숙소에 있을 사람만 있었다. 사실 숙소라는 개념도 없었다."

김현태, 럭키금성황소 창단 멤버

"1985년에 압구정동 현대 아파트 10동 1301호와 1302호 두 채를 빌렸다. 65평짜리 아파트 두 곳에 선수단을 채워 넣었다. 밥 해주는 아줌마 두 명을 썼다. 빨래는 선수들이 알아서 했다. 물론 각자 하는 게 아니라 '방졸'들이 도맡았다. 그때는 장비 담당자 같은 개념도 없을 때였다. 훈련장은 안양에 있는 '금성통신'이라는 공장이 있었는데 그곳에 정규 규격 천연잔디 구장을 썼다."

한웅수, 당시 럭키금성황소 팀매니저

"강변에 있는 큰 평수였다. 그때부터 본격적으로 감독, 코치들이 다 먹고 잤고, 우리도 거기서 지냈다. 제일 큰 평수라서 정치인이나 연예인들도 거기에 살았다. 탤런트 이효춘 씨가 살던 집을 우리가 전세로 들어갔다. 코미디언 구봉서 씨 집도 거기 있었다. 거의 매일 합숙했다. 유부남 선수들도 집에 보내지 않았다. 새벽에 압구정초등학교에 가서 각자 운동하고, 오전에 결혼한 형들은 잠깐 집에 갔다 왔다. 오후에 훈련하고 저녁 식사한 다음에 또 잠깐 집에 갔다 왔다. 집에 안 보내주니까 형들은 그렇게밖에 집에 갈 방법이 없었다. 나는 1986년 4월 23일에 결혼했다. 그때 열흘인가 경기가 없었다. 평일에 결혼해서 2박3일 제주도로 신혼여행 다녀온 다음에 이틀 뒤에 다시 원주까지 가서 경기를 뛰었다."

김현태, 럭키금성황소 창단 멤버

신생 구단인 만큼 선수 수급이 가장 중요했다. 기존에 실업팀에서 뛰고 있던 선수들과 대학교 졸업을 앞둔 젊은 유망주들을 중심으로 전방위적 스카우트 작업이 진행됐다. 학연과 지연이 총동원됐다. 박세학 감독과 박영환 코치는 고려대와 해군 축구팀 인맥을 활용했다. 지도자들을 찾아가 선수를 추천받았고, 선수들을 찾아가 직접 구워삶았다.

박세학 감독의 해룡 시절 제자 이용수(상업은행)를 비롯해 국가대표 미드필더 박항서(제일은행), 한문배(서울신탁은행), 왕선재(한일은행), 이부열(국민은행) 등의 실업팀 선수들이 합류했다. 대학 축구 최고 수문장이었던 고려대 4학년 김현태는 포섭하기가 수월했다. 당시 그를 데리고 있었던 고려대 축구부 이차만 감독부터 박세학 감독, 고재욱 트레이너, 심지어 구자경 회장까지 죄다 고려대 출신이었던 덕분이다. 팀의 간판스타 역할은 북미리그 시카고 스팅에서 뛰고 있던 조영증이 낙점됐다. 같은 시기에 창단한 현대호랑이의 간판스타는 네덜란드에서 돌아온 허정무였다.

1984년 럭키금성황소 선수단 명단

코칭스태프: 박세학 감독, 박영환 코치, 고재욱 트레이너

선수: 1.김현태, 2.정해성, 3.한문배, 4.정태영, 5.조영증, 6.권오손, 7.이종광, 8.신재흠, 9.맹수일, 10.강득수, 11.이부열, 12.박항서, 13.이상래, 14.이상철, 15.최진한, 16.김광훈, 17.왕선재, 18.최종덕, 19.김용해, 20.김수길, 21.피아퐁, 22.박용수, 23.박정일 (출전 경기에 따라 등번호가 다를 수 있음)

"졸업하고 원래 나는 은행으로 가기로 했다. 그런데 연말에 현대와 럭키금성이 창단한다는 얘기가 나왔다. 이차만 감독은 나를 울산 쪽으로 보내려고 했다. 그때 고재욱 트레이너가 이차만 감독과 둘도 없는 친구였다. 고재욱 트레이너가 이차만 감독을 설득했고, 감독이 내게 럭키금성으로 가라고 했다. 그때는 선생님이 가라고 하는 팀에 가야 했다. 그렇게 럭키금성 창단 멤버로 들어갔다. 은행 팀에서 많이 왔다. 제일은행에서 박항서와 정해성이 왔다. 박세학 감독이 해군 팀에 있을 때 인연이 있었던 선수들이 많이 왔다. 이용수도 해군에 있다가 럭키금성 쪽으로 왔다. 조영증 선배도 해군 팀 출신이었다. 미국 프로리그에 갔다가 이쪽으로 합류했다."

"남산 서대문에 럭키금성 사무실이 있었다. 그때 선수가 뭘 알았겠는가? 그냥 계약금은 얼마 주고, 월급은 얼마 준다고 하는 설명이 전부였다. 대학교 졸업하면 계약금 얼마에 연봉 얼마, 이렇게 딱 정해져 있었

다. 다들 그렇게 받는 줄 알고 그냥 계약서에 사인했다. 그때는 사실 프로가 뭔지도 몰랐다. 은행팀에서는 월 18만 원, 20만 원 이렇게 줬는데, 프로에 오니까 100만 원 이상 줬다. 큰 금액이었다. 수당이라는 것도 있었다. 갑자기 돈을 많이 벌어서 흥청망청 쓰는 형들도 많았다."

김현태, 럭키금성황소 창단 멤버

당시 기본 포메이션은 4-4-1-1로 표현될 수 있었지만, 경기 중 전술 운용과 포지션별 역할 분담은 불분명했다. 오른쪽, 왼쪽, 중앙 정도의 구분이었다. 센터백은 상황에 따라 2명이 되기도 3명이 되기도 했다. 주장한문배가 수비 라인에서 중심을 잡았다. 정해성이 라이트백, 정태영이 레프트백이었다. 미드필더는 이부열, 왕선재가 담당했다. 왼쪽 측면 공격은 발군의 스피드를 지녔던 강득수가 담당했다. 조영증, 이상용, 피아퐁 푸에온이 돌아가면서 스트라이커 포지션에 투입됐다.

최전방에서 공격을 주도한 선수는 간판스타 조영증이었다. 다양한 능력을 갖춘 조영증은 최전방 스트라이커, 한 발 뒤에 위치하는 새도우 스트라이커, 중원까지 내려가는 공격형 미드필더 등 상황에 맞춰 필요한 지점에서 뛰었다. 스타플레이어 조영증은 그라운드 밖에서도 팀을 이끌었다. 해외 무대에서 보고 들은 선진 노하우를 사심 없이 동료들과 공유했다.

"미국에서 돌아온 조영증 선배가 이건 이렇게, 저건 저렇게 라는 식으로 가르쳐줘서 조금 틀이 잡혔다. 술을 마셔도 맥주 한두 캔만 마시라고 했다. 테이핑도 조영증 선배가 처음 알려줬다. 그냥 붕대를 감고 축구화를 신었는데, 조영증 선배가 미국에서 사온 '존슨앤존슨' 제품으로 테이핑하는 방법을 가르쳐줬다. 미국에서는 인조잔디에서 뛰니까 테이핑하는 방법을 잘 알고 있었다. 그런 걸 배우면서 팀 안에서 프로라는 게 어떻다는 분위기가 생겼다."

김현태, 럭키금성황소 창단 멤버

1984년 3월 31일(토) 19:00, 동대문운동장
84 축구대제전 수퍼리그 경기 (관중 19,000명)

럭키금성   1 (박정일 58')

할렐루야   0

럭키금성 선발(박세학 감독): 김현태(GK), 정해성, 신재흠, 권오손, 한문배(이상 DF), 조영증, 이용수, 강득수, 소광호(이상 MF), 박정일, 민진홍(이상 FW)

할렐루야 선발(함흥철 감독): 조병득(GK), 황정연, 홍성호, 최종덕, 문영서(이상 DF), 김현복, 박상인, 박성화, 이정일(이상 MF), 오석재, 신현호(이상 FW)

RECORD: 구단 역사 1호 경기, 1호 득점, 1흐 승리

NEWS & ISSUE: 1984시즌 개막전 3월 31길, 4월 1일 양일간 동대문운동장에서 4경기 진행

"프로라고 해서 운동을 되게 많이 시켰다. 창단해서 진주, 진해, 부산에서 훈련하면서 엄청 많이 뛰었다. 그냥 매일 뛰는 운동만 했다. 볼을 갖고 하는 훈련은 적었다. 지도자들도 '투지 있게 뛰어야 한다'라고 독려하는 정도였다. 나는 산을 잘 탄다고 해서 별명이 '타잔'이었다. 골키퍼 코치 같은 것도 당연히 없었다. 골키퍼 둘이 서로 연습했고, 어쩌다가 고재욱 트레이너가 와서 슛을 때려주고 그랬다. 대학교 졸업할 때까지도 나는 훈련과 경기 중에 거의 맨손으로 플레이했다."

"프로 첫 경기는 동대문에서 할렐루야와 했다. 그때 할렐루야는 박성화,

조병득 등이 있었던 강팀이었는데 첫 경기에서 우리가 이겼다. 나도 골이다 싶은 것까지 막아내면서 펄펄 날았다. 경기가 끝나고 버스를 타고 영동호텔 앞에서 내렸는데, 그때 주무를 봤던 한웅수 씨가 선수마다 10만원짜리 수표가 든 봉투를 하나씩 줬다. 그때 10만원이면 엄청 큰돈이었다. 와, 이기면 이렇게 돈을 주는구나, 이게 프로구나 싶었다. 다음 경기에서도 이겨야 한다는 생각이 들었다. 돈 때문이라기보다 이기는 게 그렇게 중요하다는 사실을 깨달았다."

김현태, 럭키금성황소 창단 멤버

역사적 첫 시즌의 최종 성적은 전기 5위, 후기 7위였다. 조영증이 리그 9골 4도움으로 이름값을 증명했다. 미드필더 이용수가 8골, 센터백 한문배가 6골을 각각 기록했다. 럭키금성 1호 외국인 선수였던 피아퐁 푸에온은 리그 4골을 신고했다. 피아퐁은 럭키금성 방콕지사장의 추천을 받아 영입된 태국 최고 스타플레이어였다. 1980년대까지만 해도 한국과 태국의 축구 실력은 크게 차이가 나지 않았다. 사흘간 진행되었던 입단테스트에서 박세학 감독은 피아퐁의 능력에 강한 인상을 받았다. 문제가 있었다면 한국 적응이었다.

당시 국내 축구는 외국인 선수 영입 1세대에 해당했다. 언어가 통하지 않는 외국인 선수가 팀에 합류했지만, 통역 등 기본 대응조차 이루어지지 않았다. 태국어를 할 줄 아는 선수가 있었을 리 없었고, 피아퐁 역시 한국어를 알지 못했다. 당연히 양쪽 모두 영어도 불통이었다. 삼주빌딩 사무실에서 피아퐁이 받았던 계약서도 국문과 영문뿐이었다. 피아퐁

은 해당 계약서를 주한국 태국대사관에 보내 내용 확인을 요청해야 했다.

그런 방해 요소는 피아퐁이 피치 안으로 들어가는 순간 사라졌다. 1984년 9월 8일 마산에서 럭키금성은 포항제철에 한 골 뒤진 상태로 전반전을 마쳤다. 박세학 감독은 후반전 시작과 함께 피아퐁을 교체 투입했다. 생애 첫 해외 무대 데뷔전에서 피아퐁은 귀중한 1-1 동점골을 터트려 패배에서 팀을 구했다. 이 경기부터 피아퐁은 4경기 연속 골을 터트렸다.

하지만 결정적 계기는 1985시즌 개막 두 번째 경기에서 찾아왔다. 디펜딩챔피언 할렐루야를 상대로 피아퐁은 골키퍼와 일대일로 맞서는 득점 기회를 잡았다. 하지만 피아퐁은 더 확실한 위치에 있던 선배 동료에게 패스를 했다. 텅 빈 골문 앞에서 동료가 때린 슛은 골대를 벗어났다. 경기 후, 박세학 감독은 피아퐁에게 "내가 너를 영입한 이유는 득점이야. 패스가 아니라고. 패스할 줄 아는 선수가 필요했다면 나는 미드필더를 샀겠지. 너는 골잡이잖아. 좀 더 이기적이 돼야 해"라고 말했다.

은퇴 후, 한 인터뷰에서 피아퐁은 "아버지(피아퐁은 박세학 감독을 그렇게 불렀다)가 내 기본 마인드를 완전히 바꿔 놓았다"라고 회상한다. 다음 두 경기에서 피아퐁은 득점포를 가동했고, 시즌 12골 6도움 맹활약으로 득점왕과 도움왕을 모두 석권했다. 태국 축구 영웅의 압도적 활약에 힘입어 럭키금성은 창단 첫 리그 우승을 차지할 수 있었다.

"피아퐁은 몸이 정말 빨랐다. 발목이 가늘고 순발력이 정말 좋았다. 한국 선수들은 툭 쳐놓고 슛을 때리면 골키퍼가 어디로 올지 예상할 수 있었다. 그런데 피아퐁은 한 박자가 빨랐다. 때리는가 싶으면 슛이 이미 지나가버렸다. 때리는 동작도 엄청 빨랐다. 골키퍼가 각을 잡고 나오면 사각으로 때려 넣었다. 피아퐁이 골을 많이 넣은 덕분에 우리가 우승할 수 있었다. 그리고 당시는 수중전이 많았다. 진주에서는 물이 찬 맨땅에서도 경기를 했는데, 피아퐁은 태국에서 그런 환경에서 워낙 볼을 많이 차봤다고 했다. 탁 쳐놓고 차고 뛰고, 혼자 '원맨쇼'를 했다."

김현태, 럭키금성황소 창단 멤버

피아퐁은 길지 않았던 한국 무대 활약에서 다양한 에피소드를 남겼다. 박세학 감독의 피아퐁 사랑은 1985시즌 최종전에서도 증명됐다. 9월 22일 인천종합운동장에서 벌어진 마지막 매치업은 유공-대우, 럭키금

FC서울 때문에 산다

성-상무의 2연전이었다. 경기 전 피아퐁과 유공의 김용세가 나란히 12골로 득점왕 타이틀을 경쟁하고 있었다. 먼저 열린 경기에서 김용세는 풀타임을 소화하고도 무득점에 그쳤다. 같은 장소에서 럭키금성은 상무를 상대했고 피아퐁도 선발 출전했다.

하지만 박세학 감독은 하프타임에 피아퐁을 교체했다. 득점수가 같은 경우에는 출전 시간이 짧은 선수가 득점왕이 된다는 규정 때문이었다. 김용세의 출전시간은 1,831분이었는데, 피아퐁이 마지막 경기에서 45분만 뛰어 1,811분이 됐다. 박세학 감독의 지략에 힘입어 피아퐁은 수퍼리그 득점왕에 등극했다. 시즌 종료 후, 피아퐁은 득점왕과 도움왕 수상으로 받은 상금의 절반을 떼어 동료와 직원들에게 나눠줬다. 피아퐁은 "동료들이 패스를 해준 덕분에 내가 골을 넣을 수 있었으니까"라고 말했다. 1985시즌은 피아퐁의 해였지만, 시즌 MVP는 팀 주장 한문배에게 돌아갔다. 1980년대 한국 사회가 중시했던 연공서열 문화가 낳은 결과로 이해하면 될 것 같다.

피아퐁 푸에온(Piyapong Pue-on)

국적: 태국

생년월일: 1959년 11월 14일

K리그 기록: 수퍼리그 34경기 6어시스트(1984~1986)

수상 기록: 1985시즌 베스트일레븐, 득점왕, 도움왕, '올해의 골'

국가대표 기록: A매치 100경기 70득점 (태국 대표팀 역대 득점 2위)

　　창단 첫 우승 뒤에는 행운도 따랐다. 당시 대한축구협회는 1986년 멕시코월드컵 본선 진출은 물론 1986년 아시안게임과 1988년 올림픽에서 성공을 거둬야 한다는 일념이었다. 국가대표팀은 시도 때도 없이 소집되었다. 경기가 없어도 틈만 나면 선수들은 대표팀 훈련에 동원되었다. 수퍼리그에 참가하는 구단 중에서는 국가대표 선수들을 많이 보유한 팀일수록 전력 누수 피해가 클 수밖에 없었다. 럭키금성은 수혜자였다. 국가대표팀에 차출되는 선수가 조영증 한 명뿐이었기 때문이다. 주축이 그대로 남은 덕분에 럭키금성은 전통의 강호와도 대등하게 싸워 승리할 수 있었다.

　　박세학 감독 체제는 1987시즌 최하위(5위) 성적과 함께 마감됐다. 후임자는 창단 때부터 트레이너로 일했던 고재욱이었다. 성적을 반등해

야 할 고민이 커질 무렵 행운의 여신이 럭키금성을 향해 손짓을 보냈다. 신인 드래프트 제도가 실시된 것이다. 당시 대학교 졸업자 중에서 가장 돋보이는 재능은 건국대 축구 천재 윤상철이었다. 축구 명문 경신고 시절부터 윤상철은 남다른 재능을 선보이며 대학교 지도자들의 는길을 사로잡았다. 당시 대학교 축구 빅3였던 고려대, 연세대, 한양대가 모두 윤상철을 탐냈다. 하지만 윤상철의 선택은 건국대였다.

"경신고를 졸업하고 건대로 가기는 쉽지 않은 선택이었다. 하지만 고대, 연대, 한대로 진학하면 1학년 때부터 뛸 수 있을지가 걱정스러웠다. 3학년까지 경기를 못 뛰면 아무것도 아니지 않나 하는 생각이 들었다. 그래서 1학년 때부터 경기를 뛸 수 있는 곳으로 가고 싶다고 했고, 당시 고등학교 축구부 감독은 같은 경신고 출신이 지휘봉을 잡고 있던 건국대를 추천했다. 나는 1학년 때부터 주전으로 승승장구했으니까 결과적으로 좋은 선택이었다."

윤상철, 럭키금성 전 공격수

윤상철의 주포지션은 공격형 ㅁ드필더였지만, 경기 상황이 불리해지면 올라가서 직접 골을 해결했다. 패스와 득점이 모두 가능했던 전천후 플레이메이커였던 셈이다. 그런 만큼 상대 선수들로부터 집중 견제를 받았다. 대학교 내내 살인적인 태클에 쓰러지기를 반복했다. 허리가 부러지고 무릎이 돌아가는 일이 비일비재했던 탓에 윤상철은 훈련하는 날보다 병원 침대에 누워있던 시간이 길었다. 4학년이 되자 은행팀들이 접근해 좋은 제안을 넣기 시작했다. 그런데 갑자기 신인 드래프트 제도가 시행된다는 소식이 들렸다.

"럭키금성이 나를 1번 픽으로 선발했다. 사실 럭키금성은 갈 생각이 아예 없었다. 다른 구단에서 계약금까지 다 제안받았던 상태였다. 압구정동 아파트를 두 채 살 수 있었던 액수였다. 드래프트 제도로 바뀌면서 나는 절반도 못 미치는 조건으로 럭키금성과 계약해야 했다. 나중에 들어보니 럭키금성스포츠 구승회 단장이 오래 전부터 내 경기를 지켜봤다고 했다. 계약금 4천만 원, 연봉 2천만 원이었다. 드래프트였기 때문에 조건이 딱 정해져 있었다. 당시 일반 은행원 월급이 보통 20만 원이었는데 내가 200만 원을 받았으니까 10배 차이가 났다고 보면 된다. 하지만, 드래프트 없이 자유계약으로 갔으면 계약금만으로 1억 원은 받을 수 있었다."

윤상철, 럭키금성 전 공격수

프로 선수가 되었지만, 윤상철의 고민은 점점 커졌다. 고재욱 감독은 윤상철을 본래 포지션인 공격형 미드필더가 아니라 최전방 스트라이커로 기용했다. 낯선 포지션에 윤상철은 순조롭게 적응하지 못했다. 기술 하나로 모든 걸 해결할 수 있었던 미드필더와 달리 스트라이커는 상대 수비 뒷공간을 파고드는 스피드가 필요했다. 대학 시절 내내 끊이지 않았던 부상으로 인해 그의 무릎은 이미 너덜더덜해진 상태였다. 인대도 거의 다 끊어졌고 연골은 아예 제거되었다. 얼마 남지 않은 인대로 간신히 버티는 무릎으로는 코칭스태프가 원하는 움직임을 구현하기가 불가능했다. 벼랑끝에 몰린 윤상철은 결국 축구를 포기하겠다는 결심에 다다랐다.

"원정 전날 저녁에 석촌호수 포장마차에서 조영증 당시 수석코치를 만나 '축구를 못 하겠다'라고 솔직하게 얘기했다. 조영증 코치는 "일단 선수단을 따라다니면서 다시 한번 생각해보라"라며 만류했다. 여름 휴식기가 되어 진주 합숙이 시작됐다. 나는 가지 않겠다고 했다. 조영증 코치가 또 만류해 훈련에 참가하지 않는 조건으로 따라갔다. 진주에서 다들 체력 운동이다 뭐다 하는데 나는 밥만 먹고 혼자 산으로 가서 머리를 정리했다. 머리가 너무 아팠다. 그래도 팀은 나를 계속 배려하면서 기다려 줬다. 그때는 정보나 자료가 없었다. MBC가 일주일에 한 번씩 독일 축

28

구를 중계해줬다. 분데스리가를 보면서 나랑 비슷한 사람은 어떻게 하
는지를 지켜봤다. 게르트 뮐러가 딱 떠올랐다. 그의 플레이 영상을 구해
서 많이 봤다. 나도 저런 스타일로 변해야겠구나 싶었다. 뮐러의 플레이
를 떠올리면서 연습에 적용해보면서 센터포워드 포지션에 적응하려고
애썼다."

윤상철, 럭키금성 전 공격수

스트라이커의 움직임을 철저히 분석하면서 윤상철은 조금씩 9번 공
격수로 변해 갔다. 미드필드 플레이에는 애써 관여하지 않았다. 오로지
페널티박스 안에서 기회를 낚아채는 움직임과 결정력 극대화에 집중했
다. 혼돈의 데뷔시즌이 지나고 1989시즌이 개막했다. 시즌이 하반기로

갈수록 골잡이 본능이 서서히 송곳니를 드러냈다. 윤상철은 33라운드부터 5경기 연속 득점(총 7골) 행진을 펼쳤다. 플레이메이커 윤상철이 9번 공격수로 재탄생한 셈이다. 패스라는 본래 임무도 잊지 않은 덕분에 도움도 6개나 기록했다. 럭키금성은 윤상철을 비롯해 차상해(6골 4도움), 강득수(4골 7도움), 최진한(5골 4도움) 등의 공격력 덕분에 시즌을 2위로 마감할 수 있었다.

"그때 내가 17골을 넣었는데, 포철 조긍연이 20골을 넣어 득점왕이 됐다. 강득수, 최진한, 이영진 등이 내 득점을 많이 도와줬다. 1989년에는 (최)순호 형도 가끔 도움을 해줬다. 뒤에 구상범도 있었고, 조민국 선배는 킥이 워낙 좋아서 하프라인 아래에서 볼을 잡아도 내가 움직이면 롱패스를 딱딱 보내줬다. 힘이 천하장사여서 볼을 정말 멀리 찼다. 공격이 분산되어 나도 편해졌다. 양쪽에서 크로스가 들어오면 내가 해결했다."

윤상철, 럭키금성 전 공격수

경기장 밖에서도 럭키금성은 바쁘게 움직였다. 가장 시급한 과제인 전용 훈련장과 클럽하우스 마련에 모든 직원이 동원되었다. 사실 해당 프로젝트는 창단 첫 해부터 시작되었다. 구리 쪽에서 원하는 위치와 입지에 딱 맞는 후보 부지가 나왔지만, 구단은 땅 매입 작업에 신중하게 접근해야 했다. 구매자가 굴지의 대기업이라는 사실이 밝혀지는 순간 땅값이 폭등할 게 뻔했기 때문이다. 전용 훈련장 프로젝트는 돌다리를 두드리는 심정으로 조심스럽게 진행된 끝에 1989년 '챔피언스파크'라는 명칭으로 개장했다. 클럽하우스에 혜당하는 관리동은 2002년 완공되어 월드컵에 출전했던 프랑스 국가대표팀의 베이스캠프로 활용되기도 했다. 구단은 훈련 편의성을 위해 선수단 숙소도 챔피언스파크 앞으로 옮겼다.

"총 3만 평이었다. 1984년 말부터 내가 그 땅을 사러 다니기 시작해서 1987년에야 전부 다 살 수 있었다. 처음 샀을 때는 평당 3만 원을 줬는데 1987년에 마지막까지 고집을 피웠던 사람에게는 7만 원까지 쳐줬던 걸로 기억한다. 조금씩 계속 매입했다. 지금 가보면 챔피언스파크 앞에 도로가 있는데, 그때는 고수부지처럼 푹 꺼져있었다. 지금 도로와 높이를 맞추려면 흙이 필요했다. 당시 서울 시내에 공사하는 곳이 많았다. 그런 현장에서 나온 흙을 덤프트럭 기사들이 실어서 포천이나 변두리 쪽에 내다 버렸다. 우리가 그런 트럭 기사들에게 한 대당 5천 원씩 쳐줄 테니까 흙을 이곳에 버리라고 했다. 기사들로서는 멀리까지 가지 않아서 좋았고, 우리는 시장보다 저렴하게 흙을 매입할 수 있었다. 세상은 늘 그렇게 수요와 공급이 존재하기 마련이다."

한웅수, 당시 럭키금성 팀매니저

Chapter 2.
동대문

DONGDAEMUN

1990 ~ 2003

1990년대 프로축구리그는 무계획적 출범의 후유증을 앓았다. 2002년 월드컵 유치를 일본에 빼앗기면 안 된다는 조바심이 발동했다. 월드컵 유치 당위성을 주장하려면 상식적인 프로축구리그가 운영되고 있음이 증명되어야 했다. 부랴부랴 프로축구리그를 진정한 프로페셔널답게 조각하려는 움직임이 일어났다. 1990년 대한축구협회는 그동안 형식적으로만 존재했던 광역 연고제를 시 단위로 좁히기로 했다. 시장 수요나 구단의 지역 뿌리에 대한 통찰은 없었다. 프로스포츠 산업에 대한 통찰력 부족은 이후 서울 공동화 정책이라는 희대의 악수를 낳았다.

1990년 1월 20일, 한국프로축구대회에 참가하는 6개 구단의 연고지는 재조정되었다. 현대가 강원도에서 울산으로, 포철이 대구/경북에서 포항으로, 대우가 부산/경남에서 부산으로 갔다. 유공, 일화, 럭키금성은

모두 서울 연고 구단이 되었다. 서울 셋, 경상도 셋으로 나뉜 셈이다. 집
행부의 황당한 행보는 계속된다. 시 단위로 연고 개념을 좁힌 결정이 무
색하게 1990시즌 개막전 3경기는 제주종합운동장에서 하루에 전부 치
러졌다. 일주일 뒤 2라운드 개최지는 마산이었고, 3라운드는 포항, 구
미, 울산에서 각각 열렸다. 서울 연고 구단의 공동 홈그라운드인 동대문
운동장에서 시즌 개막으로부터 무려 5주가 지나서야 첫 경기가 열렸다.
아무런 준비 없이 출발한 프로축구리그는 시간만 낭비하면서 스포츠 팬
들의 일상으로 스며들지 못했다. 그러는 동안 확고한 연고지 개념 위에
서 출범한 프로야구는 승승장구했다.

고재욱 감독 체제에서 럭키금성은 첫해(1988년) 4위, 두 번째 해에
2위로 순위를 끌어올리면서 단단한 팀으로 거듭나고 있었다. 시즌 개막
전 예상에서는 최순호, 이영진, 구상범 등 국가대표 선수들의 차출 변수
탓에 큰 기대를 받지 못했다. 하지만 리그 최연소(49세) 사령탑이었던
고재욱 감독은 강한 체력과 익사이팅하다고 표현할 만한 압도적인 조직
력으로 시즌 초반부터 럭키금성을 선두로 이끌었다.

개막전부터 럭키금성은 21경기 연속 득점 행진을 펼치며 5월부터
줄곧 리그 선두 자리를 지켰다. 창단 멤버 중에는 최진한이 남아 중심을
잡았고, 골잡이 윤상철은 유공, 포철, 대우 등 상위권 라이벌들을 상대로
하는 빅매치에서 귀신같이 골을 잡아내며 팀 공격을 견인했다. 10월 30일
동대문운동장에서 열린 대우전에서 1-1로 비기면서 럭키금성은 남은
한 경기 결과와 상관없이 통산 두 번째 리그 우승을 확정했다. 서울을 연
고로 시작했던 첫 시즌에서 우승을 차지했다는 점에서도 1990년 우승

은 럭키금성과 서울 팬들의 거리감을 크게 좁히는 구실을 했다.

　당시 한국 축구의 성지는 동대문운동장이었다. 국가대표팀 경기는 물론 서울에서 열리는 프로축구 경기도 대부분 동대문에서 진행됐다. 당시 동대문에는 종합운동장과 야구장이 몰려 있었던 덕분에 스포츠용품 상권이 활성화되어 있었다. 1990년대 초반 동대문에서 열리는 프로축구 경기의 모습은 지금과는 크게 달랐다. 서포터즈 문화가 생기기 전이었다.

　구단이 고용한 응원단이 육상 트랙 위에 앰프를 설치해 경기 중에도 대중가요를 크게 틀고 미국식 치어리딩을 했다. 골을 먹었는데도 신나게 남행열차에 맞춘 율동이 이어지기 일쑤였다. 서울 연고 구단들이 팬서비스에 나서기 시작했다는 점이 그나마 다행스러웠다. 유공, 일화, 럭키금성은 경기장을 찾는 팬들을 대상으로 홍보를 실시했다. 럭키금성은 1991년 구단명을 'LG치타스'로 바꾸며 새로운 브랜드로 팬들에게 다가갔다. LG치타스는 미래의 팬을 확보한다는 차원에서 어린이들을 집중적으로 공략했다.

"축구를 좋아했던 아버지를 따라서 동대문에 갔다. 서울 팀들은 전부 동대문운동장을 홈으로 썼으니까 한 번 가서 보통 두 경기 정도를 보고 왔다. 3경기를 다 보면 경기장에 6시간 동안 있었던 셈이다. 그때는 축구장 가는 게 제일 신나는 기억이었다. 축구장 입구 앞에서 젊은 여성 분들이 아이들한테 '우리 팀 응원해'라면서 스티커, 책받침, 학용품 같은 걸 나눠줬다. 다른 팀들과 다르게 LG치타스는 어린이한테 마케팅을 적극

적으로 했다. 아버지가 일화 선수들과 친해서 처음에는 나도 일화를 응원하러 갔지만, 팬들에게 그리 친화적인 팀은 아니었다. 그래서 어린 마음에 LG치타스에 약간 호감이 생겼다. 괜히 아버지를 배신하는 것 같은 느낌이 들어서 말을 못하고 혼자 LG를 좋아했다. 아이들한테 이것저것 선물을 주니까 아버지도 별 생각 없이 나를 LG치타스의 어린이 회원으로 가입도 시켜줬다."

이재성, FC서울 팬

"그때 동대문운동장은 정말 도떼기시장 같았다. 육상 트랙에서 축구 경기 중에도 치어리더가 마이크에 대고 막 소리지르고, 밀크셰이크를 팔고 그랬다. 1991년 LG치타스로 바뀌면서 이영진 감독님이랑 인연이 조금 생겼다. 내가 5학년 때 축구부에서 등번호가 20번이었는데 이영진 감독님도 20번이었다. 그때는 어딜 가나 운동부는 유니폼을 입고 다녔다. 20번 유니폼을 입고 사인을 받는데 이영진 감독님이 "너도 20번이구나"라면서 머리를 쓰다듬어주셨다. 그날 기분이 되게 좋았던 걸로 기억한다. 당시 최고로 유명했던 선수는 윤상철이었고, 구상범, 조민국, 이영진 등이 기억난다. 고재욱 감독은 안경을 썼던 모습이 인상적이었다. 팬이라기보다 축구 공부하러 갔다. 윙어는 어떻게 뛰어야 하는지 같은 걸 프로 경기를 보면서 배웠다."

박경서, FC서울 팬

1993년 11월 23일, 다음 시즌을 위한 신인 드래프트가 실시됐다. 당시 드래프트 참가 명단은 눈부셨다. 1991년 FIFA월드유스챔피언십(포르투갈)에서 남북 단일팀(코리아) 멤버로서 8강행에 성공했던 박철, 이임생, 조진호는 물론 1년 전 드래프트를 거부했던 대학 최고 윙어 정재권, 건국대 만능 미드필더 유상철 등 우수 자원들이 쏟아졌다. 2위로 시즌을 마감한 LG치타스는 1차에서 센터백 박철을 지명했고, 2차로 연세대 공격수 최용수를 선택했다. 쟁쟁한 또래 경쟁자들이 너무 많았던 탓에 LG치타스의 선택을 받았다는 사실이 최용수에겐 놀라울 뿐이었다.

1994년 K리그 드래프트 1, 2순위 지명 결과 | 1993년 11월 23일(화)

대우로얄즈: 정재권(한양대), 김동철(한양대)
유공코끼리: 이임생(고려대), 임기한(대구대)
포항제철아톰즈: 조진호(경희대), 서효원(숭실대)
현대호랑이: 유상철(건국대), 정정수(고려대)
LG치타스: 박철(대구대), 최용수(연세대)
일화천마: 한정국(한양대), 김창원(국민대)

"대학교를 졸업할 때 김호곤 감독은 "너는 가정 형편이 어려우니 안정적인 실업팀으로 가는 편이 낫다"라고 조언했다. 혼자 며칠 고민했다. '현재는 부족해도 내가 더 노력하면 한번 해볼 만하지 않을까?'라는 생각에 도전을 선택했다. 19세 대표팀에 뽑힌 적은 있었지만 대학교 3학년 때까지 출전을 거의 못했다. 나는 무명이었다. 프로 구단이 나를 잘 알 수가 없었다. (정)재권이 형은 재수를 했고, 동기들이 정말 살벌했다. 그때 드래프트에 좋은 선수가 정말 많았다. 정재권, 한정국, 이임생, 박철, 조진호, 유상철 등등이었다. 드래프트 순위에는 뜻을 두지 않고 그냥 뽑히기만 하자는 바람이 컸다. 운 좋게 LG치타스의 선택을 받았다. 나는 2순위로 선택받았다는 사실이 진짜 좋았다. 당시 나는 그 친구들 틈에 낄 레벨이 아니었기 때문이다. 계약금은 6천만 원이었다. 시즌 전체 경기의 70%를 출전하면 2천만 원이 플러스된다는 옵션도 있었다. 당시는 정말 큰돈이었다. '와, 이게 프로구나. 프로는 돈이구나'라고 그때 처음 깨달았다. 그때 받았던 돈은 집에 전부 갖다 줬다."

최용수, LG치타스 전 공격수

1994시즌 LG치타스는 조영증 3대 감독 체제로 출발했다. 조영증 감독은 젊은 선수들을 위주로 팀을 리빌딩했다. 경험 부족을 패기로 메우겠다는 복안이었다. 창원종합운동장에서 열린 개막전에서 조영증 감독은 신인 최용수를 과감하게 선발로 기용했다. 팀의 터줏대감이었던 윤상철이 최용수를 지원하는 모양새였다. 새로운 체제에서 LG는 개막 2연패로 불안한 스타트를 끊었다. 하지만 조영증 감독은 최용수 카드를 고수했다. 세 번째 경기 전북버팔로전에서 최용수는 프로 데뷔골로 팀의 3-1 승리에 일조했다. 다음 경기 유공전에서도 신인 공격수는 골을 터트렸다. 하지만 '초짜' 최용수는 프로 적응에 애를 먹었다. 조영증 감독과 코칭스태프가 동계훈련 중에 최용수를 풀백 자원으로 실험했기 때문이다.

"처음 진주에서 전지훈련을 하는데 한두 달 동안 감독이 나를 백4의 우측 풀백에 세웠다. 어릴 때부터 나는 늘 윙포워드나 전방 공격수였다. 그런데 갑자기 우측 사이드백이 된 거다. 전방으로 튀어 나가기는 잘했지만, 수비로 돌아오질 못했다. 오프사이드트랩이 정확히 뭔지도 몰랐다. 연습 경기를 하는데 자꾸 수비에서 펑크가 났다. 그렇게 고생하고 있는데 경기장 밖에서는 (김)판근이 형이 여유 있게 몸을 풀고 있었다. 대우에서 막 영입되었는데, 사이드백 포지션에서 내가 판근이 형을 어떻게 이기겠는가? 코칭스태프가 한두 달 보다가 도저히 안되겠다 싶었는지 판단을 내린 것 같았다."

"주전에서 밀렸다. 서울로 올라와서 경기에 출전하는 박철, 홍진호 같은 선수들이 몸조리할 때, 나는 비주전조에 속해서 오전에 연습 구장에 나가서 선을 그었다. 프로 와서는 안 할 줄 알았는데, 하하. 그래도 기회가 올 거라는 희망을 품고 기다렸다. 개막을 일주일 앞두고 주택은행과 연습 경기 도중에 권중화 선배가 부상을 당했다. 원래 개막전에서 스트라이커 선발로 예상됐던 선수였다. 그래서 후반 25분 정도 남은 상태에서 내가 스트라이커로 교체되어 들어갔다. 그 포지션에서 뛰니까 정말 내 몸에 딱 맞는 옷을 입은 것 같았다. 경기에서 내가 골을 넣었고 어시스트도 했던 걸로 기억한다. 그랬더니 감독도 선배들도 '용수한테 사이드백은 아닌 것 같다'라고 말했다. 솔직히 그때 나는 목숨을 걸고 뛰었다. 프로에서는 내가 돈을 못 찾아가면 경쟁자들한테 내 돈을 빼앗기는 꼴이니까 스트라이커 포지션에서 어떻게든 살아남으려고 노력했다."

최용수, LG치타스 전 공격수

시즌이 진행될수록 조영증 감독의 리빌딩은 현실에 부딪혔다. 젊은 선수들이 경험이 부족해 경기력이 꾸준하지 못했기 때문이다. 팀 간판 스타 윤상철은 계속 벤치만 달구는 신세를 감내해야 했다. 최용수가 골을 넣지 못한 것은 아니었지만, 역시 중요할 때 팀의 중심을 잡아줄 기둥이 필요했다. 4경기 연속 무승 부진에 빠지자 결국 조영증 감독은 윤상철을 재소환하기에 이르렀다.

"1994년에 내가 득점왕을 받았지만, 개인적으로 그 시즌은 최악이었다. 그때 (최)용수가 들어왔다. 코칭스태프가 용수를 기용하면서 나를 자꾸 벤치로 뺐다. 심지어 내가 주장이었는데도 뺐다. 조영증 감독은 팀을 젊은 선수들로 바꾸려고 했다. 처음 한두 경기에서는 가능성이 보였지만, 시간이 갈수록 성적이 하위권으로 떨어졌다. 연패로 빠져버리니까 감독이 나를 다시 기용했다. 내가 들어가서 두 골 넣고 어시스트도 하나 해서 연패를 끊었다. 그랬더니 그 뒤로는 나를 빼지 않고 계속 기용했다. 출전할 때마다 내가 두 골, 한 골, 두 골 그런 식으로 골을 넣어서 리그에서만 21골(시즌 24골)을 넣었다. 이때는 프로 6년 차였으니까 어느 정도 내가 컨트롤을 할 줄 알았다. 그런 경험을 토대로 골을 넣었다."

윤상철, LG치타스 전 공격수

"(윤)상철이 형은 팀에서 계속 에이스였다. 내가 들어와서 조영증 감독이 잠깐 벤치로 빼기도 했지만, 어쨌든 팀에서는 터줏대감이었다. 팀 내에서 정신적 지주로서 한 마디 한 마디가 후배들에겐 정말 컸다. 팀 에이스로서 부담감, 압박감도 혼자 견뎠을 것이다. 그때 나는 그런 걸 못 느꼈다. 상철이 형은 '내가 골을 넣지 못하면 LG치타스는 힘들 수도 있다'라는 책임감을 갖고 있었던 것 같다. 그래서인지 항상 말과 행동이 조심스러웠다. 조영증 감독은 나를 상철이 형의 룸메이트로 배정했다. 우리는 맨날 저녁 먹고 당구장에 갔던 멤버였다. 그때 기억이 새록새록하다. 당구장에서 만들어졌던 결속력이 고스란히 경기장 안까지 갔으면 우리가 우승했을 거다, 하하. (유)병옥이 형, (이)인재 형, (박)철우 형, (김)봉수 형, (윤)상철이 형, 그리고 우리 또래 두세 명이었다."

최용수, LG치타스 전 공격수

선발 멤버로 돌아온 윤상철은 귀신처럼 골을 터트렸다. 7월과 8월로 이어진 일정에서 4경기 연속 총 6골을 터트리면서 성적 반등을 이끌었다. 하지만 하이라이트는 시즌 막판에 완성되었다. 윤상철은 10월 22일 현대전부터 최종전인 11월 16일 일화전까지 6경기에서 모두 골을 터트렸다. 6경기 연속 득점 기록은 조영증 감독이 현역 시절 세웠던 기록과 동률이었다. 6경기에서 9골을 몰아친 윤상철은 1989년 포철의 조긍연이 세웠던 단일 시즌 최다 득점 20골을 한 골 앞선 21골로 신기록을 작성하면서 생애 두 번째 득점왕에 등극했다. K리그 역사에서 최고의 명승부 중 하나로 손꼽히는 LG-포항 경기에서도 윤상철의 득점력이 폭발했다.

1994년 11월 5일(금) 15:00, 동대문운동장

94 하이트배 코리안리그 경기 (관중 3,300명)

LG치타스　3 (윤상철 7'/52'/66')

포항제철　4 (라데 29'/40'/61'/83')

LG 선발(조영증 감독): 김봉수(GK), 강준호, 유병옥, 김동해, 요한(이상 DF), 김판근, 이영진, 윤상철, 보로(이상 MF), 최대식, 남기설(이상 FW)

포철 선발(허정무 감독): 이명열(GK), 나승화, 실반, 홍명보, 백기홍(이상 DF), 이영상, 조진호, 최문식, 서효원(이상 MF), 라데, 황선홍(이상 FW)

SCORE TIMELINE: 1-0 윤상철(7'), 1-1 라데(29'), 1-2 라데(40'), 1-3 라데(51'), 2-3 윤상철(52'), 3-3 윤상철(66'), 3-4 라데(83')

RECORD: 리그 득점왕 경쟁: 윤상철(16~18호), 라데(15~18호)

"1994년 포항전에서는 내가 골 넣으면 라데가 넣고, 라데가 넣으면 내가 넣고 그랬다. 동대문 경기 3-4였다. 내가 해트트릭을 해서 3-3까지 따라갔는데 나중에 하나 더 먹어서 졌다. 이걸 어떻게 잊겠는가? 경기를 뛰면서도 분위기가 좀 묘했다. '어떻게 경기가 이렇게 될 수 있지?'라는 생각이었다. 희한하게 나는 포항만 만나면 골을 많이 넣었다. 낮 경기에서는 포항이 우리한테 골을 많이 넣었고. 양쪽에서 한 선수씩 이렇게 골을 다 넣은 경기도 별로 없을 것 같다. 유튜브에는 이 경기 영상이 없더라. 내 사무실에 당시 경기 영상을 담은 비디오테이프가 있긴 하다. 그걸 영상 파일로 바꿔야 하는데 그냥 놔두고 있다. 어디서 뭘 어떻게 해야 할지 몰라서 그냥 보관만 하고 있다."

윤상철, LG치타스 전 공격수

"리그에서 내가 9골을 넣어 신인왕을 탔다. 그때 강력한 라이벌이었던 유상철, 이임생, 조진호 등은 미국월드컵에 차출되어 리그 경기에 집중하지 못했던 부분이 있었다고 생각한다. 그 덕분에 내가 잘할 수 있었다. 내가 동기들보다 뛰어나게 활약해서 신인왕을 탔던 건 아니었던 것 같다. 대표팀 선수들은 월드컵 때문에 차출되고, 히로시마 아시안게임 때문에 차출되고, 항상 그런 식이었다. 나는 1996년 애틀랜타올림픽 대표팀(아나톨리 비쇼베츠 감독)부터 차출되기 시작했다. 전지훈련이다, 친선전이다 해서 수시로 불려 갔다. 흔응수 당시 사무국장도 국가대표팀 차출이라고 하면 아무 말없이 보내줬다. 그때는 올림픽 대표팀에 나가서 뛰고, 돌아와서 소속팀 형들과 또 뛰고, 정말 행복했다."

최용수, LG치타스 전 공격수

1994시즌 LG는 득점왕과 신인왕을 배출했지만, 리그 최종 순위는 5위에 머물렀다. LG는 리그 챔피언 일화보다 팀 득점이 11골이나 많은 53골로 리그 최다 득점 팀이 되고도 수비가 50실점을 허용하는 바람에

원하는 성적을 얻지 못했다. 하지만 해당 시즌은 경기장 밖에서 더 큰 문제의 씨앗이 뿌려진 해로 기억된다. 2월 14일 대한축구협회 이사회가 난데없이 '서울 공동화 정책' 안건을 통과시킨 것이다.

　복합적인 원인이 작용했다. 김영삼 정부는 1997년부터 지방자치제 시행을 결정했다. 프로축구가 지방 활성화에 도움이 된다는 정부의 판단이었다. 정몽준 당시 대한축구협회장은 2002년 유치 경쟁에서 정부로부터 각종 지원을 받아내야만 했기에 프로스포츠 최대 시장인 서울을 포기하는 비상식적 조치도 불사했다. 그해 7월 설립된 한국프로축구연맹(현 K리그)은 연말까지 서울 연고 3개 구단이 지방 연고지를 구하지 않으면 강제 배정하겠다고 엄포를 놓았다.

"1989년 구리챔피언스파크가 완공되면서 우리는 연고를 서울로 옮겼다. 그 전까지는 충청남북도가 연고였고, 서울로 올라오면서 동대문운동장을 홈구장으로 사용했다. 당시 K리그 전체 팀 수가 6개였는데 절반인 3개가 서울 연고팀이었다. 이런 상황에서 갑자기 대한축구협회가 전국 균형 발전이 안 된다면서 서울을 연고로 사용했던 3개 팀에게 전부 나가라고 했다."

"서울 공동화 정책은 정말 어리석은 결정이었다. 프로 스포츠는 사람과 돈이 몰려 있는 데서 해야 한다. 목 좋은 곳을 내버려두고 변두리로 가라는 건 기본적으로 말이 안 된다. 어쨌거나 우리도 어디론가 가야 했다. 그때 우리를 유치하려고 나선 지역이 창원, 청주, 안양이었다. 안양으로 가면 기존 숙소나 훈련장을 활용할 수 있다는 이점이 있었다. 청주나 창원으로 간다면 초기 투자 비용이 많이 들어가야 했다."

한웅수, LG치타스 당시 사무국장

서울 연고 3개 구단은 연맹의 으름장에 버텼다. 12월 20일 연맹이 예고했던 강제 배정 계획은 구단들의 반발에 부딪혀 최종 결정을 이듬해로 넘겨야 했다. 대한축구협회와 한국프로축구연맹 그리고 정부는 계속 구단들을 압박했다. 1995년 2월 13일 연맹 이사회는 겉모양만 갖춘 타협안을 내놓았다. 1995년 말까지 서울에 축구전용구장을 건립하는 세부 계획을 제출하는 구단만 서울 연고 잔류를 허용하며 미충족 시 1996년 1월 1일 부로 연고를 지방으로 이전하겠다는 내용이었다. 서울 시내에 축구전용구장을 지으라는 요구는 사실상 실현 불가능한 조건이었다.

3개 구단은 여전히 미온적 태도를 보였다. 결국 1995년 11월, 청와대가 직접 최후 통첩을 하달했다. 서울에서 나가지 않으면 1996시즌 리그 참가를 불허하겠다는 초강수였다. 서울에서 떠날 바에 구단을 해체하겠다고 맞섰던 유공이 1996년 1월 부천으로 이사했다. 3월 일화는 천안으로 떠났다. 마지막까지 버티고 있던 LG 역시 4월 27일 안양을 새 보금자리로 삼는다고 공식 발표했다.

"안양시가 상당히 적극적으로 우리 축구단 유치를 원했다. 유치 사절단이 사무실로 찾아오기도 했다. 그래서 안양시로부터 이런저런 약속을 받았다. 축구전용경기장을 지어주겠다고 했다. 훈련장과 클럽하우스는 부지를 제공받아 우리가 짓는 걸로 하기로 약속을 받았다. 결국 그런 약속이 하나도 이행되지 않았다. 우리를 유치할 당시 안양시장이 이석용 씨였고 신중대 씨가 부시장이었다. 이석용 시장이 무슨 일인지 기억은 잘 안 나지만 시장직을 잃었고, 후임인 부시장이 같은 당적으로 출마해서 당선됐다. 그런데 신중대 신임 시장은 구단과 안양시 사이에서 합의됐던 내용을 전혀 모르고 있었다."

한웅수, LG치타스 당시 사무국장

"갑자기 세 팀이 전부 서울을 떠나기로 했다는 얘기를 들었다. 왜 그러냐고 물어봤더니 아버지가 '월드컵 때문에 지방을 활성화해야 한다고 한다'라고 설명해줬다. 그때 아버지는 친구 분들이랑 함께 약주를 하면서 '한 팀 정도는 남아야 하는 것 아니냐? 굳이 세 팀을 다 없애는 게 말이 되냐?'라면서 화를 냈던 모습이 기억난다. LG가 제일 강하게 반대했고 나중에 돌아온다는 약속을 받고 마무리가 되었다고 했다. 지금 와서 다시 보면 정말 잊고 싶은 순간이다. FC서울의 역사가 단절되지 않고 서울에서 쭉 이어졌다면 나처럼 동대문의 추억과 취미를 공유하는 팬들도 훨씬 더 많았을 텐데 너무 아쉽다. 옛날 일을 잘 몰라서 왜곡하는 사람도 많다. 가끔 보면 'FC서울은 원래 안양에서 시작했잖아?'라고 말하는 사람도 적지 않다. 그래서 나는 동대문 시절 이야기를 더 많이 해주고 싶고, 그 시절 추억이 더 애틋하다. 하필 팀이 안양에 있을 때부터 서포터즈 문화가 생기기 시작했고, 서정원, 이영표 같은 스타들도 그때 있었다. 그래서 안양 팀이라는 이미지가 강해졌다. 올 시즌 안양FC 구단주가 자꾸 그런 식으로 마케팅하는 것 같아서 솔직히 너무 보기 안 좋다."

이재성, FC서울 팬

　　1996시즌 안양 시대가 개막했다. 한국프로축구연맹은 지역 연고제
를 강화한다는 명분으로 각 구단 명칭을 반드시 지역명으로 시작해야
한다는 규정을 만들었다. 서울 공동화 정책의 희생양이 된 LG치타스는
'안양LG치타스', 일화천마는 '천안일화천마', 유공코끼리는 '부천유공'
으로 각각 구단명을 바꿔야 했다. 해당 시즌부터 리그에 참가하기 시작
한 삼성의 신생팀도 '수원삼성블루윙즈'라는 명칭으로 표기되었다. 안
양 살이는 기대와 영 딴판이었다. 당초 안양시가 약속했던 내용 대부분
이 지켜지지 않았다. 1997년이 되어서야 간신히 조명탑이 설치되었을

뿐, 축구전용경기장, 훈련장, 클럽하우스 그 어떤 계획도 진행되지 않았다. 구단 측에서는 약속 이행을 요구하는 공문을 안양시 측에 접수시켰지만, 새로운 시 집행부는 대화는커녕 묵묵부답으로만 일관했다.

수원에 생긴 수원삼성의 성장세는 폭발적이었다. 신생팀 수원삼성은 애틀랜타올림픽에 출전하는 국가대표 선수들을 다수 데려가면서 단번에 리그 우승 전력을 구축했다. 남다른 팬 전략을 앞세워 그때까지 프로축구계에서는 볼 수 없었던 유럽형 서포팅으로 젊은 팬들을 빠르게 빨아들였다. 수원삼성의 급상승은 같은 수도권에 연고를 뒀던 안양LG에 큰 부담으로 작용했다. 설상가상 안양LG는 조영증, 박병주 체제를 거치면서 전력이 하락해 거의 대부분 시즌을 하위권에서 맴돌았다. 우여곡절 끝에 윤상철의 프로축구 최초 100골 기록이 달성되었지만, 구단 안에 퍼졌던 부정적 분위기 속에서 구단과 레전드는 얼굴을 붉히며 갈라서야 했다.

1997년 8월 13일(수) 19:00, 안양종합운동장

97 프로스펙스컵 경기 (관중 3,002명)

안양LG 4 (김대성 19', 박종인 39', 윤상철 70'/90+3')

전북 1 (김호영 21')

RECORD: 윤상철: 선발 풀타임. 개인 통산 100호, 101호 득점 달성

"마지막 시즌을 생각하면 한숨만 나온다. 자세히 말하기 어렵지만, 어쨌든 당시 선수단은 비정상적으로 운영되었다. 옆에서 그런 모습을 보면서 나는 100골 기록 달성에 집중했다. 사실 그때 나는 경기에 출전만 시켜주면 골을 그냥 넣을 때였다. 그런데 박병주 감독이 나를 경기에 넣어주지 않았다. 어떻게 해서 99골(4월 9일)까지 넣었는데 그다음부터 감독은 나를 자꾸 뺐다. 언론에서는 '우리나라 최초'라고 해서 분위기를 막 띄웠는데 경기에 못 나가니까 골이 나오지 않았다. 나도 속으로 오기가 생겨서 버텼다. 그러다가 전북전(8월 13일)에서 두 골을 넣어 101골까지 됐다."

"시즌을 보내면서 구단과 나의 관계가 틀어졌다. 다른 곳에서 오라고 했는데, 구단에서는 절대 못 간다고 했다. 그리곤 나더러 은퇴하라고 했다. 시즌이 끝나고 휴가 다녀와서 운동하러 갔더니 구단이 꽃다발을 들고 왔더라. 은퇴하라고. 이게 뭐하는 짓이냐고 하면서 다른 팀으로 갈 테니까 그런 줄 알라고 하고 나왔다. 그랬더니 국내 팀으로는 못 보낸다고 했다. 그렇게 구단과 싸우다 싸우다 결국 '나 해외로 갈 테니까 잡지 마라'라고 하고 정리했다. 일본과 호주 중에서 고민하다가 영어도 배울 겸 호주를 선택했다."

윤상철, 안양LG치타스 전 공격수

창단 멤버였던 김현태 골키퍼코치도 안양 암흑기 중에 팀을 떠났다. 사령탑 공백기에서 김현태 코치는 어수선한 분위기를 정리하려고 애썼는데, 구단 밖에서 엉뚱한 소리가 들렸다. 안양LG 부진의 원흉이 본인이라는 헛소문이 퍼진 것이다. 원년 멤버라는 사명감 하나로 버텼던 김현태 코치는 자괴감을 느낄 수밖에 없었다. 결국 김현태 코치마저 1998시즌을 마무리하지 못한 채 올림픽 대표팀 코칭스태프로 합류했다. 뒤이어 5대 감독으로 부임한 조광래 전 수원삼성 코치는 구단 안에서 김현태 코치의 역할을 단단히 오해했다는 사실을 깨달았다.

"1997년에 서울이 21경기 무승을 했던 적이 있다. 정말 한 번도 못 이겼다. 수원삼성에서도 김호 감독이 'LG는 왜 이렇게 경기를 못하는 거야?'라고 궁금해했다고 한다. 그런데 코칭스태프가 다 있는 자리에서 조광래 코치가 '거긴 김현태 때문에 안된다고 하더라'라고 말했다고 한다. 1998년이 되자 안양LG가 조광래 코치를 감독으로 영입하는 게 거의 기정사실이 되었다. 김호 감독은 박항서 코치와 최강희 코치를 따로 불러서 '내년에 조광래가 거기 가면 김현태가 잘릴 것 같으니까 수원으로 오라고 해'라고 했단다."

"잠실에서 박항서 코치, 최강희 코치와 나, 셋이 만나서 술을 마셨다. 그자리에서 그런 얘기를 들었다. 나는 안 간다고 했다. '내년이 돼서 잘리면 잘리는 거지 뭐가 무서워서 먼저 도망치느냐?'라면서 거절했다. 나를 자르고 싶으면 팀에 와서 자르라고, 그렇게 말했다. 그런데 그해 10월에 내가 올림픽 대표팀 코치로 선임되었다."

김현태, 안양LG치타스 전 골키퍼 코치

이후 조광래 감독은 2000년 드러프트를 앞두고 김현태 코치에게 누구를 뽑아야 할지 문의했다. 이미 그의 마음 안에는 당대 최고 자원으로 평가받던 이관우와 김남일이 있었다. 그런데 선수들을 직접 지도했던 김현태 코치는 뜻밖의 선수를 추천했다. 건국대 풀백 이영표였다. 조광래 감독은 전혀 생각해본 적 없었다는 듯한 반응이었지만, 김현태 코치는 끝까지 이영표를 "정말 좋은 선수"라면서 적극적으로 추천했다. 2000시즌을 앞둔 동계훈련에서 이영표의 잠재력을 직접 확인한 조광래 감독은 재차 김현태 코치에게 감사함을 전달했다.

"결국 조광래 감독은 이영표를 뽑았다. 2000년 안양LG는 이영표를 뽑아서 아주 제대로 잘 썼다. 2002년 월드컵이 끝나고는 PSV에인트호번으로 거액에 잘 팔았다. 나중에 얘기를 들어보니까 2002년 월드컵 끝나고 조광래 감독이 한웅수 단장에게 '김현태를 쓰고 싶으니까 꼭 데려오라'라고 지시했다고 한다. 그때 나는 다른 곳에서도 오라는 곳이 있었고, 옛날 일도 있고 해서 일부러 연봉도 높게 불렀다. 조광래 감독이 다 들어줄 테니까 오라고 해서 안양LG로 돌아간 것이다. 지금도 조광래 감독과 좋은 관계를 유지하고 있다."

김현태, 안양LG치타스 전 골키퍼 코치

1999시즌부터 바통을 이어받은 조광래 감독은 팀의 하락세에 종지부를 찍어야 했다. 구단 안팎은 여전히 시끌벅적했다. 웨스트햄으로 갈 줄 알았던 최용수는 에이전트의 무능력에 농락만 당하고 성과 없이 돌

아왔다. 반대로 돌아올 줄 알았던 서정원은 먼 길을 돌아 수원삼성으로 향했다. 안양LG와 수원의 격차는 크게 벌어졌다.

　1999시즌 수원은 3월 수퍼컵을 시작으로 대한화재컵, 아디다스컵, 정규리그를 싹쓸이하며 시즌 전관왕 위업을 달성했다. 안양LG는 10개 팀 중에 9위에 그쳤다. 1995년부터 8위, 9위, 9위, 8위, 9위라는 최악의 암흑기가 이어진 것이다. 최용수는 리그 14골을 기록하며 홀로 고군분투했지만, 수원은 득점왕 샤샤(23골)를 비롯해 박건하(12골), 서정원(11골) 등이 화려한 공격력을 뿜었다. 1999시즌 수원삼성과 안양LG의 승점 차이는 무려 35점이었다.

하지만 조광래 감독은 보통내기가 아니었다. 2000년, 새 시대의 문이 열리면서 안양LG는 환골탈태에 성공했다. 약체라는 평가와 달리 안양LG는 짠물 수비를 펼치면서 리그에서 유일하게 경기당 1점 이하 실점을 기록하며 리그를 '깜짝' 제패했다. 5년에 걸친 리빌딩 과정은 암흑기를 대변하는 수식어가 아니라 진정 절차탁마의 과정이었음이 입증되었다.

"실리적인 경기 운영이 좋았다. 그때 우리는 다득점 승리를 지향하지 않았다. 한 골만 넣어도 이기기만 하면 된다는 생각이었다. 그때 언론이 내게 '수비하는 전방 공격수'라는 라벨을 붙였다. 앞에서 수비를 적극적으로 해줬는데, 조광래 감독이 원하는 스타일이었다. 우리 팀은 3-4-3 시스템을 구사했다. 먼저 한 골만 넣으면 상대가 우리에게 쉽게 골을 넣지 못했다. 골키퍼로 사리체프까지 있어서 진짜 '철통 수비'였다. 누군가 주인공이 되려고 했던 선수도 없어서 팀이 단단했다. 감독이 '캄다운'하라고 지시할 정도로 경기 중에 우리는 미친듯이 뛰었다."

"조광래 감독은 큰 부분만 딱딱 짚어주는 스타일이었다. 수비적인 부분은 이렇게, 공격은 저렇게 하라는 식이었다. 공격 쪽에 정광민, 드라간 그리고 내가 있었는데 다들 묵직했다. 앞에서 개인들이 역량을 발휘했고, 2선에도 엄청나게 뛰는 선수가 많았다. 팀 안에서도 쉽게 지지 않는 다는 믿음이 공고했다. 조광래 감독은 항상 한두 수가 달랐다. 분위기를 바꾸려고 에이스인 나를 과감하게 빼버린다. 그 순간에 나는 당연히 화가 난다. 그랬다가 다음 경기에 나가면 더 열심히 뛸 수밖에 없다."

"선수단 관리도 좋았다. 내가 팀 안에서 과감하게 이야기할 수 있도록 환경을 만들어줬고, 선수들이 많은 이야기를 편안하게 할 수 있도록 해줬다. 혼낼 때는 따끔하게 혼냈고, 같이 손잡고 승리를 위해 싸울 때는 또 단합하게 했다. 지금 생각해보면, 그때 감독이 왜 나한테 그런 말을 했는지, 선수들에게 왜 그런 얘기를 했는지를 이해할 것 같았다. 조광래 감독의 그런 모습을 보고 배웠던 것들을 나도 나중에 지도자가 되어 활용했다."

최용수, 안양LG치타스 공격수

6월 리그 선두로 나선 안양LG는 그대로 시즌 끝까지 달려 통산 세 번째 우승을 달성했다. 최용수는 개인 득점보다 팀 공격에 집중했다. 지난 시즌보다 득점 수가 줄어든 대신에 도움이 늘었다. 최용수가 9골 6도움으로 전방위적으로 팀에 공헌했고, 공격 파트너 정광민도 9골 3도움이란 빼어난 활약을 남겼다. 브라질 플레이메이커 안드레는 3골 9도움으로 도움왕에 빛났다. 시즌 종료 후, 최용수는 MVP에 선정되면서 국내에서 보냈던 본인 경력을 통틀어 가장 빛난 한 해를 만들었다.

"2000시즌은 팀으로서 정말 행복했다. 시즌을 출발할 때부터 느낌이 좋았다. 내가 내 역할만 잘하면 괜찮겠구나, 즐거운 여행길이 되겠구나, 그런 생각이 들었다. 팀 분위기도 좋아서 다들 죽기 살기로 했다. 나는 리그에서 9골을 넣었지만, 도움이 6개나 됐다. 결국 소통 능력이다. 조광래 감독과 나는 사이가 정말 좋았다. 하지만 선수들 앞에서 그런 걸 너무 보이지 않았다. 코칭스태프와 선수들 사이에서 중립을 지키는 게 주장의 역할이라고 생각했다. 나는 그런 게 참 좋았다. 결정적으로 승리 이상 가는 피로 회복제가 없었다. 우리는 계속 이기니까 더 결속되고 선수

들이 모두 팀 안으로 들어왔다. 그러면서 전투력이 상승했다. 항상 같이 재미있게 지냈고, 감독 역시 그런 부분을 자주 강조했다."

"우승하고 조광래 감독이 불렀던 나훈아의 〈사랑〉을 영영 잊을 수가 없다. 우리가 감독에게 노래 한 곡 하시라고 했더니 딱 '이 세상에 하나밖에, 둘도 없는 내 사랑아~'를 불렀다. 그때 자리에 함께 있었던 선수들이 그 순간을 기억할지 모르겠지만, 나는 다 기억한다. 너무 즐거운 추억이었다."

최용수, 안양LG치타스 공격수

대들보 최용수는 시즌이 끝나고 일본 J리그로 향했다. 조광래호는 2001시즌 2위, 2002시즌 4위로 순위권 성적을 유지했다. 안양 시절의 마지막 시점을 담당했던 주인공은 고교 특급 정조국이었다. 2002년 월드컵에서 거스 히딩크 감독이 지도했던 선수단에서 유일한 고등학생 훈련 멤버로 활약했기에 정조국은 프로에 입문하기도 전부터 이미 전국구 인지도를 자랑하는 '미니스타'였다.

　　월드컵이 종료된 후에 히딩크 감독은 정조국을 PSV에인트호번으로 데려가려고 했다. 소속팀이 있는 다른 선수들과 달리 정조국은 고등학생 신분이었기 때문에 이적료 없이 소정의 육성 보상금만 부담하면 이적이 가능하다는 계산이었다. 하지만 당시 국내 축구계는 대어급 유망주를 호락호락 놓아주지 않던 세상이었다. 유럽과 전혀 다른 한국식 협의는 이미 내부적으로 완료된 상태였다. 신인 수급 방법이 드래프트에서 자유계약 제도로 바뀌는 변화도 겹쳤다. 정조국은 그렇게 안양LG 유니폼을 입고 2003시즌을 맞이했다.

"기본적으로 우리 학교(대신고)는 수원삼성으로 가는 상황이었다. 수원이 돈을 되게 많이 썼다고 들었다. 고등학교 3학년 때 청소년대표팀에서 활약한 것이 월드컵 열기와 맞물리면서 내가 소위 '빵 터졌다'. 그런데 이미 안양LG와 이야기가 되어 있던 상황이었다. 그게 아니었다면 아마 외국에 갔을 것 같다. PSV에인트호번과 얘기가 있었기 때문이다. 오퍼가 꽤 구체적이어서 나는 가고 싶다고 했지만, 조광래 감독이 "1~2년만 있다가 적극적으로 보내줄 테니까 한번 해보자"라고 설득했다. 결과적으로 서울이라서 참 다행이긴 했는데, 지금 생각해보면, 그때 에인트호번에 갔으면 어땠을까 라는 생각도 든다."

정조국, 안양LG치타스 공격수

조광래 감독은 자식처럼 정조국을 아꼈다. 팀 훈련 전후로 정조국을 따로 불러 문전 처리 요령을 집중적으로 조련했다. 감독이 훈련장에 나가는데 코치들이 가만히 있을 수가 없었다. 프로 구단의 코칭스태프 6명 전원이 19살짜리 신인 한 명에게 달라붙어 훈련을 진행하는 기이한 장면이 계속 이어졌다. 방 배정도 외국인 스트라이커와 함께였다.

경기장 밖에서도 조광래 감독은 정조국을 살뜰히 잘 챙겼다. 때가 되면 밥을 사줬고 생일이 되면 따로 용돈을 챙겨줬다. 선수단이 외국에 나갈 때는 면세점에서 쇼핑도 같이 했다. 옆에서 그런 모습을 본 선배들은 코칭스태프에게 뭔가를 요구할 때 정조국을 따로 불러 "조국아, 네가 가서 감독님한테 얘기 좀 잘 드려봐"라고 부탁할 정도였다.

19세 스트라이커 정조국은 개막 6경기에 모두 출전했다. 2002년 월드컵의 기억이 생생하게 남아있던 시기였기에 언론과 팬들 모두 정조국을 주목했다. 프로의 높은 벽 앞에서 정조국은 처음 출전했던 6경기에서 한 골도 기록하지 못했다. 조광래 감독은 포기하지 않았다. 선수의 잠재력과 함께 감독 본인의 혜안에 대한 자기 믿음이었는지도 모른다.

"지금 생각해봐도 진짜 엄청난 특혜였다. 축구계에서 내가 생각하는 스승은 고등학교 때 최기봉 감독, 임근재 감독, 그리고 프로에서는 유일하게 조광래 감독인 것 같다. 그러니까 진짜 그냥 선생님이다. 다른 분들은 직장 동료, 상사 느낌이라면 그분들은 진짜 은사, 선생이다. 조광래 감독이 없었더라면 나는 1~2년, 2~3년 하고 그냥 없어졌을 것 같기도 하다. 서울에서 감독님이 내 기초를 잘 닦아준 덕분에 그래도 내가 잘 버텼다고 생각한다."

정조국, 안양LG치타스 공격수

2003년 5월 4일(일), 안양종합운동장

삼성하우젠 K-리그 2003시즌 7라운드 경기 (관중 13,039명)

안양LG 2 (이준영 2', 정조국 p6')

부천SK 1 (이원식 84')

안양LG 선발(조광래 감독): 신의손(GK), 왕정현, 김치곤, 이상헌, 진순진(이상 DF), 김성재, 히카르도, 최태욱, 마에조노(이상 MF), 정조국, 이준영(이상 FW)

부천SK 선발(트나즈 트라판 감독): 한동진(GK), 김한윤, 윤중희, 김성철, 신승호(이상 DF), 박성철, 김기형, 남기일, 윤정춘(이상 MF), 이성재, 안승인(이상 FW)

RECORD: 정조국 프로 커리어 통산 첫 골 기록(19세 11일)

"나는 프로에 와서 무조건 잘할 줄 알았다. 그냥 내가 막 다 씹어먹고 다닐 줄 알았다. 당시 인터뷰 기사를 보니까 내가 '신인왕, MVP, 득점왕 다 하겠다'라고 말했더라, 하하. 지나고 보니까 참 건방진 인터뷰였다. 그랬던 애가 처음 프로에 왔는데, 어? 이게 안되는 거다. 쉽지 않았다. 그런데도 조광래 감독이 나를 계속 믿고 경기에 넣어주고 훈련하고 경기 넣고, 계속 그랬다."

"원래 마에조노가 전담 페널티키커였는데 그 전에 한 번 못 넣은 적이 있어서 내가 차고 싶었다. 그런데 마에조노가 양보한 건 아니고, 19살짜리인 내가 빼앗은 거였다. 지금 돌아보면 정말 말도 안되는 건데, 하하. 내가 볼을 딱 잡고 감독한테 직접 차겠다고 막 손짓을 보냈다. 감독도 그걸 보고 '그래, 니가 차라'라며 오케이 해줬다. 그걸 넣었더니 자신감이 생겼다. 그때부터 물꼬가 터졌다. 경기에서 이기고 상승세를 탔다. 여름이 되면서 선발로 나가는 횟수도 많아져서 출전시간도 늘었다. 5월, 6월, 7월 쭉쭉 골을 넣었다. 만약 그 페널티킥 골이 없었다면 나는 0골로 데뷔 시즌을 시작하지 않았을까 싶다."

정조국, 안양LG치타스 공격수

정조국은 데뷔시즌 리그 32경기에서 12골을 터트렸다. 리그 챔피언 성남일화의 김도훈이 기록한 28골과는 차이가 컸지만, 스무살이 채 되지 않은 프로 신인으로서는 칭찬받아 마땅한 성과였다. 시즌 종료 후 실시한 시상식에서 정조국은 신인상을 받았다. K리그 역사를 통틀어 외국

인 선수들, 특히 공격수들의 수준이 가장 높았던 시절이었음을 생각하면 베테랑 김도훈과 신예 정조국은 국내 프로축구 팬들에겐 소금 같은 존재일 수밖에 없었다.

한편 팀과 선수들의 성적과는 별개로, 2002년 월드컵 이후 안양LG 구단의 고민은 깊어져만 갔다. '지지대 더비'로 옥신각신했던 라이벌 수원삼성이 수도권 팬심을 독점하면서 엄청난 팬덤을 구축하기 시작했기 때문이다. 수원이 축구전용경기장인 수원월드컵경기장으로 홈그라운드를 옮기자 두 팀의 격차는 회복 불가능한 수준으로 벌어졌다.

"우리가 안양으로 갈 때 생긴 팀이 수원삼성이었다. 그때는 수원삼성이
종합운동장을 홈구장으로 썼기 때문에 시설적으로는 열악함이 별 차이
가 없었다. 그런데 2002년 월드컵 끝나고 갑자기 수원이 전용경기장으
로 들어가고 나니까 우리와 격차가 확 벌어졌다. 우리는 안양시에 약속
을 이행해 달라고 수차례 공문으로 보냈는데 회신조차 없었다. 때마침
안양시가 프로농구단을 유치했다. 농구단을 전폭적으로 지원하니까 우
리는 신경 쓸 계제도 되지 않았다."

"수원삼성은 블랙홀처럼 관중을 빨아들였다. 성남, 안양, 부천에서 팬들이 가도 전부 30분 이내로 수원에 접근할 수 있었다. 그냥 좀 멀리서 보면 보이는 곳에는 수원삼성이란 축구단이 있는 것이다. 우리도 방법을 모색해야 했다. 하늘에서 감 떨어지기만 바랄 수는 없겠다는 생각이 들었다. 서울에도 축구전용구장이 있는데 연고팀이 없었다. 대한축구협회는 그곳에 연고팀 두 곳을 받겠다고 했다."

한웅수, 안양LG치타스 당시 단장

이제 그들은 서울로 돌아가야 했다.

FC서울 때문에 산다

Chapter 3.
상암

2004 ~ 2006

한국 축구는 2002년 한·일 월드컵 유치 개최를 전후로 구분된다. 2002년 월드컵은 국제 표준을 수용하는 계기였고, 촌스러움이 세련됨으로 진화하는 버튼이었다. '어느날 갑자기'라고 해도 좋을 만큼 빠르게 대형 축구전용경기장이 들어섰다. 한국 선수들이 TV 뉴스 안에서나 존재했던 유럽 리그로 진출하기 시작했다. 전후 한국 경제의 발전상과 닮은 속도전이었다.

대한축구협회는 월드컵 성공을 발판 삼아 국내 프로축구 시장도 확대할 수 있다는 꿈에 부풀었다. 전국 광장을 붉게 물들였던 한국인의 축구 열정이 그 증거였다. 축구 발전은 희망인 동시에 책무이기도 했다. 협회는 월드컵의 성공적 유치를 명분으로 정부로부터 엄청난 지원을 끌어냈다. 그렇게 들어선 인프라 투자가 장기적으로 전국민에게 각종 혜택을 제공할 수 있다는 사실을 협회는 정부 앞에 입증해내야 했다.

　6만 5천 석의 축구전용경기장인 서울월드컵경기장은 프로축구단을 유치해 일년 내내 서울시민들에게 행복한 주말 여가처로 활용되어야만 했다. 인구 1천만 명, 최신식 시설, 최상의 접근성과 편의시설 등, 모든 면에서 상암은 누구나 탐낼 수밖에 없는 황금거위로 보였다. 서울시와 대한축구협회는 2002 월드컵 열기를 살려 대기업에 어필한다면 상암에 신생 구단 2개를 유치하는 일쯤은 어렵지 않다고 믿었다. 두 단체가 선투자했던 금액 250억 원을 회수하는 것도 타당하다고 판단했다.

"2002년 월드컵을 앞두고 정부는 잠실종합운동장을 쓰라면서 서울월드컵경기장 건립을 반대했다. 정몽준 당시 축구협회장이 개막전은 축구전용구장에서 치러야 한다, 세계적 관심이 쏠리는데 어떻게 종합운동장에서 월드컵을 하느냐 등으로 김대중 대통령을 간신히 설득해서 상암에 짓기로 했다. 그러면서 축구계가 상암 건립에 투입한 돈의 일부분을 분담하겠다고 해서 서울시와 대한축구협회가 약정을 맺었다. 그 금액이 250억 원이었다. 축구협회는 나중에 이곳에 들어올 연고팀들에 250억 원을 받겠다는 복안이었다. 이게 바로 '입성비'라고 부르는 돈이다."

한웅수, 당시 FC서울 단장

　거대한 착각이었다. 월드컵 열기와 프로축구는 전혀 다른 시장이었다. 1980년대처럼 정부가 대기업의 팔을 비틀어 축구단을 만들 수 없었고, 1990년대처럼 연고지 이전을 강제할 수 있는 시대도 아니었다.

정부는 KT, 한화, 국민은행 등의 기업에 접근했지만, 돌아온 답은 '노(No)'였다. 대기업으로선 서울월드컵경기장의 운영권을 가져오지 못하는 상황에선 아무리 계산기를 두드려도 수지타산을 맞출 수가 없었다. 서울시와 축구협회는 그런 상식적 제안 조건도 준비하지 않았을 만큼 판단 능력이 부족했다. 기존 구단들의 현실적 조언을 '저 녀석들이 서울에 들어오고 싶어서'라며 곡해할 만큼 무지하기도 했다. 월드컵 성공에 취해 축구 집행부의 사리분별 능력이 마비된 결과였다.

서울 신생 구단 유치 계획은 좀처럼 진행되지 않았다. 결국 서울시와 축구협회는 기존 계획에서 한 발 물러섰다. 서울시가 100억 원을 탕감했고, '성의를 보이라'며 압박해 축구협회도 월드컵 잉여금 중에서 100억 원을 서울시에 납부해 입성비를 50억 원 수준으로 낮춘 것이다. 2개 구단이 25억 원씩 내면 된다는 계산이었다. 이런 조건에도 나서는 신생팀은 없었다. 집행부의 무능력이 답답했던 축구 팬들도 직접 목소리를 냈다. 8월 15일 서울월드컵경기장에서 열린 '2003 푸마올스타전' 현장에는 '아빠! 왜 서울에는 프로축구팀이 없는 거야?'라는 현수막이 걸렸고,

북측 광장에서는 서울프로축구팀 창단 촉구 100만 명 서명 운동까지 전개됐다. 하지만 현실은 차가웠다.

"너무 비싼 입성비가 걸림돌이 되면서 창단하겠다는 곳이 나오지 않았다. 결국 서울시 의회가 100억 원을 탕감할 테니까 150억 원만 내라고 했다. 그랬더니 축구협회의 당시 조중연 전무이사가 '그러면 우리도 100억 원을 탕감하겠다'라고 했다. 입성비가 50억 원으로 줄어든 셈이었다. 그 돈을 두 팀이 나눠서 내면 된다는 계산이 됐다. 그래서 우리는 연고 복귀를 추진하면서 두 팀이 들어온다는 전제 하에서 25억 원으로 책정했다. 설사 우리가 50억 원을 먼저 내더라도 나중에 들어올 팀한테 25억 원을 받으면 된다고 생각했다."

한웅수, 당시 안양LG치타스 단장

2004년 1월 14일 창단추진위원회(이춘식 서울시 정무부시장)은 마지노선을 제시했다. 당월 28일까지 신생팀이 나서지 않으면 서울 입성 범위를 기존 구단으로 확대하겠다는 내용이었다. 새로운 후보자는 마감 기한인 28일 오후 5시가 지나도 나타나지 않았다. 결국 공은 기존 프로축구단 쪽으로 넘어갔다. 이런 움직임을 계속 주시했던 안양LG와 부산 아이파크가 움직이기 시작했다. 프로축구단 운영 노하우가 있었기에 가능한 검토였다.

특히 1996년 서울에서 안양으로 강제 이주 당했던 LG치타스로서는 상암 입주가 간절했다. 축구전용경기장 건립, 훈련장 부지 제공 등 당초 약속을 이행할 생각이 전혀 없는 안양시를 더는 믿을 수 없었다. 수원월드컵경기장 입성 후, 폭발적으로 성장하는 라이벌 수원삼성의 기세도 큰 위기감으로 작용했다. 2월 2일 기자회견에서 'LG스포츠'는 서울 연고 복귀를 선언했다.

나흘 뒤, 한국프로축구연맹 이사회는 기존 구단들의 서울 입성을 허용하는 안건을 정식으로 통과시켰다. 그러자 축구협회가 갑자기 말을 바꿨다. 서울시의 100억 원은 탕감이었지만, 축구협회의 100억 원은 나중에 들어올 구단 대신에 먼저 내줬던 것이라는 논리였다. 화장실에 들어갈 때 50억 원이었던 서울 입성금이 볼 일을 마치자 갑자기 150억 원으로 불어난 셈이다.

"갑자기 축구협회는 '우리가 해주겠다는 100억 원은 나중에 들어올 팀들에게서 받을 생각으로 미리 내준 것이다. 받지 않겠다는 소리가 아니다'라고 나왔다. 생각했던 금액과 차이가 너무 커서 협회와 계속 싸웠다. 협회는 우리에게 '150억 원을 다 내고 뒤에 들어오는 팀에게 너희가 75억 원을 받아라'라고 요구했다. 우리는 그렇게는 못 한다고 맞섰다. 당초 50억 원이라고 했는데 왜 갑자기 150억 원이 되는 거냐고 따졌다. 결국 우리는 75억 원에 합의해야 했다. 축구협회가 나중에 또 딴 소리 할까 봐서 협회에 50억 원, 프로축구연맹에 25억 원을 따로 냈다(서울입성권리기부금). 150억 원을 다 내라던 협회도 자기들이 했던 말이 있어서 그랬는지 더는 딴지를 걸지 않았다."

한웅수, 당시 안양LG치타스 단장

FC서울 때문에 산다

결국 서울시, 대한축구협회, 안양LG 3자는 '서울 입성 권리 기부금'을 75억 원으로 합의했다. 3월 11일 한국프로축구연맹이 긴급이사회를 열어 LG치타스의 서울 입성을 만장일치로 승인했다. 서울 복귀를 위한 행정 절차는 공식적으로 마무리되었다. 그러나 안양 팬심이 폭발했다. 세세한 전후사정을 모르는 팬들로서는 당연한 분노였다. 하루 아침에 버림받은 기분이었기 때문이다. 안양 팬들은 종합운동장 앞에 모여 LG 제품 불매 운동, 삭발 시위 등 거칠게 항의했다.

　원초적 책임 제공자인 안양시는 뒷짐만 진 채 축구단만 유일범으로 몰았다. 본인들의 약속 불이행에 관해선 철저히 함구했다. LG치타스는 대응하지 않았다. LG치타스는 발등에 떨어진 불, 즉 2004시즌 개막 준비만으로도 시간이 부족했기 때문이다. 구단은 서울 복귀를 '제2의 창단'으로 삼았다. 팬 공모를 통해 구단 명칭을 'FC서울'로 정했다. 서울 월드컵경기장의 팔각 방패연 모양의 지붕 형태에서 영감을 받은 새로운 엠블럼도 공개했다. 창단년도인 '1983년'과 서울 복귀 해인 '2004년'이 병기되었다.

"결정 자체가 굉장히 늦게 났다. 개막을 준비하는 데에 정말 애를 많이 먹었다. 우리는 퇴로가 끊긴 처지였다. 서울 입성이 불발되면 안양에도 남지 못할 것 같은 분위기였다. 안양 쪽에서는 이미 궐기 대회, LG제품 불매 운동 등 반발이 상당했다. 지금 생각해보면, 당시 안양시장이 본인이 정치적으로 곤란해질 것 같아서 '저놈들이 도망간 거다'라는 식으로 사안을 몰아갔던 측면도 있었다고 본다. 우리는 일체 대응하지 않았다.

어차피 떠나기로 한 마당에 대응하지 않는 게 정답이었다."

한웅수, 당시 안양LG치타스 단장

2004년 FC서울의 연고 복귀는 K리그 팬 사이에서 두고두고 회자되는 논쟁거리로 남는다. 피해자라고 할 수 있는 안양 팬들로서는 2004년이 기억하기 싫은 한 해로 남을 수밖에 없다. 지지대 더비 라이벌인 수원삼성 팬들에겐 상대를 조롱할 수 있는 무기를 얻은 격이었다. 연고지 논쟁은 온라인 상에서 이리저리 구르면서 각종 '카더라'가 달라붙어 확대재생산되었고, 급기야 '서울 공동화 정책 자체가 원래 존재하지 않았다'라는 가짜뉴스가 정설처럼 굳어져 왜곡 보도되기에 이르렀다.

FC서울 팬들로서는 답답할 노릇이었다. 초창기에는 조직적으로 대응하기엔 '팬 구력'이 짧았던 데다 억울함을 증명할 공식 자료도 부족했다. 거친 라이벌 팬들로부터 물리적 위협을 당하면서도 서울 팬들은 '조용히 지내자'라며 자기 암시를 걸었다. 상암의 FC서울이 리그 최고 인기구단으로 거듭날수록 연고지 공격이 거세졌다. 성적이 잘 나올수록, 관중 기록을 계속 갈아치울수록, 스타플레이어가 등장할수록, 연고지 공격은 거세질 뿐이었다.

2017년 시점에서 한국프로축구연맹이 '서울 공동화 원칙'이 명시된 1995년 1월 16일자 이사회 회의록을 공개하면서 FC서울의 연고지 논쟁에는 마침표가 찍혔다. 흥미로운 사실도 있다. 안양 팬들의 분노가 새로운 축구단 창단으로 실현되기까지는 무려 9년이나 걸렸다. 2006년 부천SK가 제주도로 간 지 단 1년 만에 헤르메스는 '부천FC1995'를 만들었다. 무슨 차이였을까? 연고지를 들먹이면서 학생 팬을 들어 메쳤던 라이벌 팬의 팀은 지금 2부에 있다. 그들에겐 무슨 일이 있었던 걸까?

"그 이전에도 종목별로 연고지가 바뀐 사례가 많았지만, 시비거리가 되지 않았다. 그런데 왜 우리만 그랬을까? 우리가 안양에 있을 때는 늘 수원삼성에 치이던 모양새였다. 그랬던 구단이 서울로 올라오면서 비약적으로 성장했고, K리그를 리딩하는 선도 구단이 되니 라이벌들의 눈에 아니꼽게 보일 수밖에 없다는 심리가 있었다고 본다. 그래서 더 그런 프레임에 가두는 것 같았다."

한웅수, 당시 안양LG치타스 단장

"연고지 얘기가 나오면 서로 말이 통하지 않는다. 잘 아는 사람과는 대화가 가능하지만, 살짝 아는 사람과 이야기를 하면 관련 팩트들을 또 설명해야 한다. 그게 지칠 때가 있다. 말한다고 전부 이해하는 것도 아니다. 서울만 유난히 20년 넘게 그런 프레임이 계속 이어진다. 서울이라서 더 그런 것 같다. 예전 '붉은악마' 활동했던 형들 얘기를 들어보면, 2004년 서울로 돌아갔을 때는 그 안에서 별 말이 없었단다. 그런데 2005년 박주영의 등장과 함께 서울의 인기가 더 크게 올라가니까 그때부터 서울을 안 좋게 말하는 사람이 늘었다고 한다. 갑자기 인기가 많아진 것에 대한 시샘이 더 큰 것 같다."

김주한, 수호신 회장

"나는 부천을 인정한다. 부천은 SK가 제주도로 가면서 팬들이 팀을 만들었다. 그런데 안양 팬들은 그냥 말만 했다. 10년 가까이 아무것도 안했다. 그렇게 억울하고 따지고 싶으면 부천처럼 팀을 만들든지. 그리고 수원은 서울을 연고지로 뭐라고 비판할 자격이 없다고 생각한다. 개인적인 생각이지만, 만약 월드컵경기장이 수원이 아니라 안양에 생겼다면? 서울은 그대로 안양에 있었을 테고, 수원이 상암에 가려고 하지 않았을까? 어떤 팀이어도 마찬가지였을 것이라고 생각한다."

폴 카버, FC서울 팬

"꼭 연고지로 시비를 거는 사람이 있다. 시비로 끝나는 게 아니라 정말 못되게 구는 사람들도 많다. 남자 몇 명이서 서울 여자 팬 한 명에게 과자를 던지면서 주워 먹으라고 희롱한 적도 있다. 예전에 원정 가면 서울 팬들을 가두고 돌을 던진 사람들도 있었다. 그건 범죄 행위다. 그런데 서울 팬들 안에서는 참으라는 분위기가 있다. 도대체 뭘 참으라는 건지 모르겠다."

강동희, FC서울 팬

2004년 4월 3일 서울월드컵경기장에서 FC서울은 연고 복귀 첫 경기를 치렀다. 하필 상대가 상암을 두고 경쟁했던 부산아이파크였다. 상암 K리그 1호 골은 부산의 마스덴이 작성했다. FC서울 역사상 첫 골의 주인공은 서울이 야심 차게 영입한 골잡이 김은중이었다. 연고지 논쟁에 함구했던 구단은 첫 경기부터 값진 보상을 받았다. 이날 경기에서 FC서울은 47,928명으로 K리그 역대 최다 관중 기록을 경신한 것이다. 과정이 쉽지 않았기에 이날 관중 수는 더욱 의미가 컸다.

2004년 4월 3일(토) 15:00, 서울월드컵경기장

삼성하우젠 K-리그 2004시즌 경기 (관중 47,928명)

FC서울   1 (김은중 39')

부산   1 (마스덴 4')

"(김)은중이 형이 그때 왔다. 내게는 포지션 경쟁자였고, 그래서 개막전에 내가 선발로 못 나갔다. 솔직히 당시는 기분이 많이 나빴다. 내가 작년 신인왕인데 왜 은중이 형을 데리고 왔느냐고, 외국인도 같이 있었고, 왜 나를 선발로 기용하지 않냐고 그러고 있을 때였다. 어쨌든 그 열기는 대단했다. 그때 서울시장, 구단주 모두 왔다. 어린 나이에 시청에 가서 이명박 시장과 같이 인터뷰도 하고 막 그랬다. 지금 생각해보면 얼마나 대단한 일인가? 축구선수가 서울시장을 만날 일이 없지 않은가? 그때는 시청 정도는 가야 언론 매체들이 와서 이슈가 만들어지는 시절이었다. 지금과 많이 달랐다."

정조국, FC서울 공격수

2004년 10월 국내 축구 팬들은 한 득점 장면에 열광했다. 말레이시아에서 열린 'AFC U19챔피언십' 결승전에서 나왔던 박주영의 선제 결승골이었다. 박주영이 볼을 터치할 때마다 중국 수비수들이 추풍낙엽처럼 떨어져 나가는 모습이 온 국민의 시선을 사로잡았다. 두 번째 골도 김승용의 영리한 전진 패스를 논스톱으로 연결했던 퀄리티가 돋보이는 득

점이었다. 박성화 감독의 대한민국 U20대표팀은 중국을 2-0으로 꺾고 우승을 차지했다.

　해당 대회에서 대한민국이 기록한 11골 중에서 절반이 넘는 6골이 박주영이 만든 득점이었다. 일약 스타덤에 오른 박주영을 둘러싼 국내 프로축구단들의 영입 전쟁에 불이 붙었다. K리그의 모든 구단이 달라붙었다고 해도 과언이 아니었다. 그러나 FC서울의 물밑 작업은 이미 완료된 상태였다는 사실을 아는 사람은 별로 없었다.

"우리가 타이밍이 빨랐다. 박주영이 중국이랑 하면서 몇 명 제치고 때려넣었을 때가 이미 계약을 완료한 다음이었다. 청구고등학교에 다닐 때부터 우리는 박주영을 염두에 뒀다. 아무래도 서울 기반 구단다운 전력이나 간판스타가 필요했다. 2004년에는 그 간판 역할을 대전에서 영입했던 김은중에게 맡겼다. 그런데 박주영이 폭발적으로 꽃을 피우기 시작했다. 계약은 일찌감치 해놓았지만 더 빨리 데려와야 했다. 박주영이 겨우 1학년을 마쳤을 때였으니까 고려대는 당연히 빨리 보내려고 하지 않았다. 그때부터는 고려대를 상대로 빨리 선수를 보내도록 하는 작업을 또 꾸준히 했다. 그래서 1학년을 마친 시점에서 2005시즌부터 박주영이 우리 팀에 가세할 수 있었다."

한웅수, 당사 FC서울 단장

　3월 9일 리그컵 대구전에서 박주영은 하프타임에 김은중과 교체되어 프로 데뷔를 신고했다. 나흘 뒤, 탄천종합운동장에서 열린 리그컵 세

번째 경기에서 이장수 감독은 한 골 뒤진 61분 박주영을 히칼도와 교체 투입했다. 서울은 한 골을 더 내줘 0-2로 뒤진 상황에서 경기 막판 공세를 펼쳤다. 페널티박스 안에서 김은중이 내준 패스를 박주영은 이싸빅을 앞에 둔 상태에서 힘껏 왼발로 때려 골망을 흔들었다. 프로 데뷔 첫 슛이자 데뷔골이었다.

박주영의 시즌 첫 하이라이트는 5월 18일 광주상무를 상대했던 K리그 홈경기에서 나왔다. 킥오프 14분 만에 프리킥으로 선제골을 터트렸다. 전반 종료 직전 헤더로 두 번째 골을 추가한 박주영은 경기 막판 자신이 얻어낸 페널티킥을 직접 해결해 프로 첫 해트트릭을 달성했다. 국내 언론은 약속이라도 한 듯이 '천재 골잡이'라는 수식어로 박주영의 폭발적 데뷔 시즌 활약을 앞다투어 보도했다. 그리고 생일인 7월 10일 두 번째 그리고 최고의 하이라이트가 완성됐다.

"지금의 FC서울이 될 수 있도록 가장 큰 영향을 줬던 선수는 박주영이라고 생각한다. 박주영 때문에 서울 팬이 된 사람이 정말 많았다. 처음 오자마자 되게 잘했다. 서울은 우승이 없어도 화제성은 리그에서 혼자다 해먹는 느낌이었다. 2005년 지방 원정을 가는데 톨게이트를 통과하니까 박주영 사진이 크게 걸려 있었다. 그쪽 구단한테 물어보니까 자기네 홈경기 홍보한 게 맞다고 했다. 대구, 부산에 갔을 때도 그랬다. 그때 서울월드컵경기장에서 박주영이 골을 넣으면 현장 분위기가 정말 어마어마했다."

강동희, FC서울 팬

2005년 7월 10일(일) 19:00, 서울월드컵경기장

삼성하우젠 K리그 2005시즌 경기 (관중 43,375명)

FC서울   4 (박주영 15'/61'/89', 김은중 32')
포항   1 (이원영 70')

서울 선발(이장수 감독): 박동석(GK), 박정석, 이민성, 김치곤, 김성재(이상 DF),
백지훈, 최재수, 김승용, 히칼도(이상 MF), 김은중, 박주영(이상 FW)
포항 선발(세르지오 파리아스 감독): 김병지(GK), 이원영, 오범석, 산토스, 김홍철
(이상 DF), 김기동, 이수환, 문민귀, 황진성(이상 MF), 다실바, 이동국(이상 FW)

RECORD: 박주영 프로 첫 해트트릭 (리그 5~7호 골)

"2005년 7월 10일 포항 경기였다. 진짜 엄청났다. 4-1로 이겼던 것 같
다. 당시 히칼도와 박주영의 케미가 장난이 아니었다. 두 번째 골 장면은
히칼도가 띄워준 볼이 떨어지면서 박주영이 터치를 하는 게 아니라 몸
만 움직여 자기가 소유권을 가져가서 슛을 했다. 몸으로만 수비수를 떨
어트린 다음에 본인이 유리한 슛 각도를 만든 장면이 정말 대단했다. 그
날이 박주영의 생일이었다. 상대 골키퍼가 김병지였고, 김기동도 뛰었
던 걸로 기억한다."

"그때가 왜 기억이 나느냐면, 내가 처음 경험했던 4만 관중이었기 때문이다. K리그에서 4만 관중은 아마 그때가 처음이었을 것이다. 박주영이 골을 넣을 때마다 관중석에서 함성이 터졌고, 그걸 피치사이드에서 듣는데 소름이 돋았다. 누가 시킨 게 아니라 사람들이 신나서 '승리 서울'을 외쳤다. 그런 소리를 처음 들었다. 4만이 넘는 사람들이 자발적으로 외치는 소리였다."

강동희, FC서울 팬

박주영은 구름 관중을 끌고 다녔다. 원정팀조차 경기 홍보에 상대팀

스타인 박주영의 사진을 큼지막하게 내걸었을 정도였다. 박주영 효과는 숫자로도 여실히 확인된다. 2005시즌 부산부터 포항, 부천SK, 수원삼성, 대전, 전북, 광주상무, 전남까지 8개 구단은 서울을 상대했던 홈경기에서 시즌 최다 관중 기록을 세웠다. 앞서 소개한 7월 10일 포항전 역시 FC서울의 2005시즌 및 리그 역대 최다 관중 신기록이었다.

2001년~2010년 FC서울 홈경기 관중 추이

(정규리그, 리그컵, 플레이오프 합계)

시즌	경기수	총관중	평균관중
2001년	17	153,490	9,029
2002년	19	255,527	13,339
2003년	22	222,778	10,126
2004년	18	223,529	12,418
2005년	18	458,605	25,478
2006년	19	315,698	16,616
2007년	20	379,903	18,995
2008년	20	398,757	19,938
2009년	17	270,624	15,919
2010년	19	546,397	28,758

FC서울 때문에 산다

FC서울은 2005시즌 리그와 리그컵 2개 대회에서 치른 홈 18경기에서 총 관중 458,605명(평균 25,478명)을 기록했다. 서울 복귀 첫해였던 2004시즌 223,529명(평균 12,418명)의 두 배가 넘는 흥행 대박이었다. 박주영은 데뷔 시즌에만 리그 19경기 12골 3도움, 시즌 32경기 18골 5도움을 기록하며 국민적 기대에 부응했다. 리그 역사에 유일하게 남아 있는 신인왕 만장일치 선정은 당연한 결과였다.

　히칼도는 박주영의 신데렐라 데뷔 시즌에서 빠질 수 없는 이름이다. K리그에서는 흔하지 않은 포르투갈 출신의 플레이메이커였던 히칼도는 2005시즌 서울에 합류했다. 정교한 킥 능력과 영리한 패스 시야가 압도적이었다. 서울의 시즌 개막전이었던 전남과 리그컵 경기에서부터 히칼도는 선발 출전해서 노나또의 해트트릭을 완성하는 도움을 제공했다. 낯선 한국 땅에서 보낸 첫 시즌에 히칼도는 리그와 리그컵을 합쳐 도움을 무려 14개나 기록했다. 리그 도움왕(9개)도 그의 차지였다.

　한웅수 당시 단장은 "패스를 정말 기가 막히게 했다. 진짜 입이 딱 벌어졌다. 박주영도 그런 파트너가 뒷받침이 되어 더 성장할 수 있었다고 생각한다"라고 회상한다. 박주영이 유럽으로 진출하기 전까지의 2005~2008년은 FC서울의 팬층이 폭발적으로 증가했던 시기였고, 딱 그때 서울에서 클래스가 다른 플레이를 선보였던 선수가 히칼도였다.

　2007년 새롭게 부임한 세놀 귀네슈 감독과 플레이스타일이 너무 달랐던 탓에 생각보다 빠른 작별을 고해야 했다. 히칼도는 본인이 최대한 볼을 다루면서 경기를 조율하려고 고집하는 스타일이었다. 튀르키예의 신임 감독은 그런 플레이를 중원에서 템포를 떨어트리는 이적 행위로

정의했다. 히칼도는 짧은 기간 서울에 몸담았음에도 불구하고 수호신 사이에서 불멸의 레전드로 기억된다. 결별이 확정된 후 다른 K리그 구단들의 오퍼를 거절하고 고국 포르투갈행을 선택했던 만큼 리그와 클럽의 역사를 이야기할 때마다 그의 이름은 빠지지 않는다.

FC서울의 프랜차이즈스타로 각광받던 정조국에게는 서울 복귀 초창기가 행복한 기억으로 남아 있지 않다. 우선 2004년 초 안양 축구 팬들의 거센 화살이 엉뚱하게 정조국에게 향했다. 정조국은 "내 집과 서울 월드컵경기장이 가까워서 팀이 서울로 가는 것에 찬성했다고 오해하는 안양 팬도 있던데 그게 말이 되는가? 선수 하나가 연고지 관련해서 찬성하고 반대하고 뭐 이런 게 어디 있었겠는가?"라며 억울함을 나타낸다. 당시 팀에서는 정조국이 가장 잘 눈에 띄는 스타였기에 애꿎은 비난을 감수하는 것도 그의 몫일 수밖에 없었다. 상암 초창기에도 정조국은 우울한 시간을 버텨내야 했다.

"2005년 이장수 감독이 새로 왔다. 그때 나는 '서울은 내 팀이다. 그리고 내가 주인이다'라는 생각이 컸다. 그런데 갑자기 출전 기회가 줄었다. 지금 생각해보면 실력이 부족했던 건데 그때는 그냥 화가 나서 상무에 지원해버렸다. 역시나 이장수 감독은 "그래, 상무 가라"라고 말해줬다. 실기만 보러 가면 되는 상황이었는데 갑자기 이장수 감독이 나를 경기에 넣기 시작했다. 마음이 편했는지 내가 몸도 너무 좋고 경기도 너무 잘 풀렸다. 두세 경기에서 내가 계속 골을 넣었다. 갑자기 감독이 부르더니 "군대 가지 마라. 1년만 더 같이 하자"라고 말했다. 어린 나이에 감독이 그렇게 얘기하는데 싫다고 말 못하지 않나. 다음해에 2006년 독일 월드컵이 있어서 내가 대표팀 다녀오고 동계훈련 따라가고 그러느라 정신적으로 여유가 없긴 했는데, 이장수 감독이 나를 또 안 쓰더라. 아, 정말 섭섭했다. 이장수 감독에 대해서는 섭섭한 마음이 크다."

정조국, FC서울 공격수

또 다른 변화는 경기장 밖에서 진행됐다. 조광래의 아이들이었다. 중학생 나이로 구리 챔피언스파크에 모인 전국 톱 랭커 자원들은 뛰어난 재능과 체계적 지도가 맞물려 빠르게 성장하고 있었다. 고요한, 송진형, 김동석, 고명진, 기성용, 이청용, 천제훈, 안태은, 한동원 등 1987~1989년생 유망주들은 서울 팬들 사이에서 '미래군'이라는 애칭으로 통했다.

구단은 어린 선수들의 미래를 책임져야 한다는 사명감으로 코칭스태프가 전부 달라붙어 선수들의 육성과 생활을 챙겼고, 당사자들 역시 축구에 인생을 걸었다는 뚜렷한 목표 의식으로 엇나가지 않았다. 너무 어린 선수들을 데리고 무리하게 '직업 훈련'을 시킨다는 비판도 있었지만, 결과적으로는 이때 모였던 선수들 대부분 프로축구선수가 되었을 뿐 아니라 절반 정도는 국가대표 선수로 성장하고 활약했다.

"창원 토월중학교 2학년 때 은사였던 유병옥 감독과 비행기를 타고 서울로 갔다. 조광래 감독과 인사하고 오후에 연습 경기에 들어갔다. 사실 전반전부터 뛸 거란 생각도 안 했고, 전반전 뛰고 나와서는 후반전도 뛸 거라 생각하지 못했다. 내가 제일 어린 중2였기 때문이다. 축구화 끈을

FC서울 때문에 산다

풀고 있었는데, 이영진 코치가 '야, 너 후반전 안 뛸 거야? 축구화 끈을 왜 풀어?'라고 말했다. 그래서 후반전도 뛰었다. 다음날에는 2군 형들과 훈련하고 경기 뛰고, 그렇게 3~4경기를 뛰고 내려갔다."

"일주일 정도 뒤에 조광래 감독이 집으로 연락을 했다. 그리고 한웅수 단장, 박병주 고문 등도 다 내려와서 부모님과 식사하면서 설득을 많이 했다. 왜냐면 나는 학업을 포기해야 했으니까. 부모님은 키도 작은 아이 가 프로팀에 가서 실패하면 초졸밖에 안 되니까 걱정이 많았다. 사실 나는 걱정보다 설렘이 컸다. 프로팀에 간다는 기대감이 앞섰다. 구단이 부모님을 잘 설득했고, 나도 워낙 가고 싶어 하니까 부모님도 허락해줬다. 중3 마지막 대회인 금강대기를 끝내고 자퇴서를 냈다."

"처음 타지 생활을 시작했다. 당시 지도자들이 우리랑 꼭 새벽 운동도 함께해줬다. 아침에 식사도 같이 했고, 경기도 함께 뛰고 그랬다. 지금 와서 생각해 보면 정말 힘들었을 것 같다. 새벽 운동, 오전 휴식, 오후 운동, 저녁에는 개인 운동 또는 휴식 루틴으로 운영됐다. 어린 아이들을 모아 놓았으니까 구단에서 더 특별히 신경을 썼던 것 같다. 혹시 사고가 나든, 아니면 애들이 나태해지면 결국 부모들이 걱정했던 일들이 벌어지니까."

"어디 가면 다 알 만한 선수들이었다. 경쟁자이기도 했지만 다들 축구 지능이 비슷했고 이해와 공감이 잘 됐다. 운동하거나 경기를 뛸 때 서로

뭔가를 요구하지 않아도 알아서 잘했다. 그래서 함께 볼 차는 게 재미있
었다. 조광래 감독이 약간 지능적인 선수들을 중심으로 뽑은 게 아닌가
라는 생각이 많이 들었다. 볼을 갖고 있을 때나 그렇지 않을 때나 다들
기술이 좋았다. 그때 되게 볼을 재미있게 찼던 기억이 난다."

고요한, FC서울 미드필더

가장 먼저 기회를 얻은 주인공은 이청용이었다. 2006시즌 개막전 (3월 12일) 수원삼성전에서 이장수 감독은 파격적 선발 명단을 제출했다. 18세 이청용이 당당히 슈퍼매치에서 선발로 출전한 것이다. 당시만 해도 고등학생 나이로 프로 공식전에서 출전하는 선수는 매우 드물었다. 하지만 이청용은 남달랐다. 작고 가녀린 체구에도 이청용은 상대의 격렬한 몸싸움을 피하는 재주가 뛰어났다. 프로 데뷔전에서 이청용은 풀타임을 소화하면서 쉽지 않은 수원 원정에서 귀중한 승점 1점을 따는 데 공헌했다. 후반 막판 1-1 동점골은 박주영이 해결했다.

"(이)청용이가 먼저 기회를 받았다. 수원 원정에서 청용이가 선발로 뛰었던 경기가 기억 난다. 그날 겨울이었고, 눈도 내리고 추웠다. 관중석에서 (기)성용이와 함께 덜덜 떨면서 '성용아, 저기 서있는 청용이 기분이 어떨까? 진짜 좋겠다', '우리도 진짜 저기서 뛸 수 있겠지? 진짜 열심히 하자'라면서 서로 이야기를 나눴다. 물론 먼저 데뷔하는 청용이를 보면서 자신감도 얻었다. 청용이도 하니까 우리도 할 수 있겠다는 자신감이었다."

"처음 R리그에서 뛸 때 3-5-2에서 내가 왼쪽, 청용이가 오른쪽 포지션을 봤다. 좌우 윙포워드였다. 진짜 삐쩍 말랐는데 수비수들 사이를 다 휘젓고 나갔다. 청용이는 상대와 부딪히지 않으면서 볼을 잘 찼다. 내가 봐도 잘했는데 지도자들이 보면 얼마나 특별했겠는가? 그래서 기회를 먼저 받았고 청용이가 잘 살렸다. 그때 청용이의 플레이를 보면서 우리도

"와~ 와~"라면서 놀랐다.

고요한, FC서울 미드필더

　서울은 2006년 독일월드컵에 차출된 국가대표 선수들의 공백을 '미래군'으로 메웠다. 어린 선수들은 상황이 선물한 기회를 놓치지 않았다. 안태은, 한동원, 김승용 등이 주전들이 빠진 자리를 훌륭하게 채우면서 서울은 리그컵에서 좋은 성적을 이어갔다. 상암 복귀와 박주영 신드롬에 어울릴 만한 성과가 필요했던 서울로서는 젊은 선수들의 활약이 반가울 수밖에 없었다. 리그컵 선두를 지키던 서울은 7월 26일 수원 원정에서 1-1로 비기면서 남은 전남전 결과와 상관없이 리그컵 우승을 확정했다. 그러나 전남전은 서울의 구단 역사에 남을 만한 특별한 의미로 기억된다. '원클럽맨' 고요한이 이 경기에서 데뷔했기 때문이다.

2006년 7월 29일(토), 서울월드컵경기장

삼성하우젠컵 2006시즌 경기 (관중 20,323명)

FC서울　1 (안상현 71')

전남　2 (셀미르 1', 주광윤 88')

서울 선발(이장수 감독): 김병지(GK), 곽태휘, 김치곤, 박정석, 고요한(이상 DF), 김동석, 김태진, 최원권, 송진형(이상 MF), 심우연, 이상협(이상 FW)

전남 선발(허정무 감독): 김영광(GK), 유상수, 윤희준, 이동원, 김도용(이상 DF), 김호유, 장동혁, 박종우, 송정현(이상 MF), 산드로, 셀미르(이상 FW)

NEWS & ISSUE: 프랜차이즈스타 월클럽맨 고요한의 FC서울 커리어 첫 경기

"선수단은 경기 하루 전에 호텔에 들어간다. 선발인 줄은 몰랐지만, 어쨌든 1군 경기에 따라왔다고 해서 부모님께 전화를 걸어 알렸다. 1군 일정에 따라왔다는 것만으로도 기분이 좋았다. 다음날 감독과 선발진이 미팅을 하는데 내가 거기 들어갔다. 전날 알았다면 마음의 준비라도 했을 텐데, 경기 당일 알게 되니까 심장이 너무 빨리 뛰었다. 이장수 감독이 "야, 잘할 거야. 잘할 수 있어"라면서 등을 쳐줬지만 진짜 엄청 떨렸다."

"왼쪽 사이드백으로 출전했다. 경기에서 뛰면서 나는 볼과 상대 팀밖에 안 보이는 건, 그때가 처음이었다. 뭔가 만화 속 주인공이 된 것 같았다. 불빛, 사람들, 볼, 상대방, 이런 것들밖에 기억나지 않는다. 야간 경기라서 도파민이 엄청 돌았다. 기억에 남는 장면이 하나 있다. 내가 (최)원권이 형한테 기가 막힌 패스를 하나 보냈는데 원권이 형이 그걸 골대 밖으로 차버렸다. 데뷔전에서 어시스트를 할 수 있었는데 아까웠다. 이장수 감독도 원권이 형한테 "그걸 그렇게 차면 어떡하냐?"라고 핀잔을 줬다."

고요한, FC서울 미드필더

Chapter 4.
튀르키예

TÜRKIYE

2007 ~ 2009

잉글랜드에서 아스널의 현재 이미지는 '굿 풋볼'이다. 숏패스를 통해 점유율을 높이고 파이널서드 영역에서 창의적 공격으로 상대를 무너트리는 이상적 플레이스타일이다. 거친 몸싸움과 직선적인 연결, 앞뒤 재지 않고 무조건 돌격하는 기존의 잉글랜드 축구와 크게 대비되었기에 아스널은 '인터내셔널팀'으로 불리면서 많은 축구 팬의 사랑을 독차지했다. 그런데 그런 선진 스타일과 대비되었던 촌스러운 영국 축구를 상징했던 팀이 바로 벵거 시대 전의 아스널이었다. 지도자 한 사람이 런던 클럽의 브랜드 이미지를 완전히 바꿔 놓은 셈이다.

2007년 1월 6일 인천국제공항에 도착한 튀르키예 출신 지도자도 FC서울에서 그와 같은 레거시를 남겼다. 2006시즌을 마친 FC서울은 이장수 감독과 계약을 종료하기로 했다. 서울 복귀와 박주영 신드롬이란 엄청난 호재가 리그 성적으로 연결되지 못했다는 점이 작용했다. 서울로서는 상암 시대에 걸맞은 성적뿐 아니라 축구적 관점에서 리그를 선도할 수 있는 플레이스타일을 심어줄 적임자가 필요했다. 질과 양에서 모두 한 단계 올라서고자 했기에 서울은 눈을 외국인 지도자로 돌렸다.

　구단 수뇌진의 1순위 후보는 1990년대 국내 리그에 신선한 바람을 불어넣었던 발레리 니폼니시(당시 64세)였다. 1998시즌을 마지막으로 한국을 떠났지만, 감독 후보를 추릴 시점에서 니폼니시는 얼마 전 우즈베키스탄 국가대표팀 감독을 사임한 야인 신분이었다. 또 다른 후보가 바로 세뇰 귀네슈(당시 54세)였다. 2002년 월드컵에서 귀네슈는 조국 튀르키예를 대회 출전 역사상 최고 성적인 3위에 올려 놓는 위업을 달성했다. 그해 귀네슈는 유럽축구연맹(UEFA)이 선정하는 '올해의 감독'으로도 이름을 올렸다. 장고 끝에 서울은 귀네슈를 선택했다.

"우연한 기회에 벨기에에 사는 튀르키예인 에이전트를 알았는데 그 친구가 귀네슈와 친분이 돈독했다. 2002년 월드컵 끝난 이후에 그 에이전트가 계속 우리한테 귀네슈를 추천했다. 사실 그때 나는 니폼니시한테 꽂혀 있었기 때문에 두 사람을 놓고 고민을 많이 했다. 누가 더 좋을까? 그러다가 니폼니시가 이제는 나이가 너무 많이 들었고, 기존의 유공 이미지가 강하다는 판단 하에 좀 젊은 사람으로 가자고 해서 귀네슈를 선택했다."

한웅수, 당시 FC서울 단장

2006년 12월 8일 선임 공식발표로부터 약 한 달 뒤인 새해 1월 6일 귀네슈 감독은 한국에 도착했다. 세계적인 이름값을 자랑하는 지도자였던 만큼 입국 현장에는 많은 취재진과 팬이 몰렸다. 이틀 뒤 서울월드컵 경기장에서 공식 기자회견이 개최되었다. 오랫동안 축구 외길을 걸어왔던 지도자답게 귀네슈 감독은 대중에게 어필하는 화법을 구사할 줄 알았다.

FC서울 때문에 산다

"영상으로 지난 시즌 서울의 33경기를 지켜봤다. 분석은 모두 마쳤다. 전임 이장수 감독이 잘 이끌었으나 이제 해는 바뀌었다. 잘못된 부분을 찾아 시스템 변화를 줄 생각이다. 기술적으로 취약한 것 같다. 두 단계 올리고 싶다. 일단 패스 미스가 너무 많은 듯하다. 공격 한 번에 4차례 이상 패스가 연결되지 않는다. 미드필더를 활용하지 않고 수비에서 곧바로 공격수에게 패스가 나아가고 있다. 수비와 미드필더, 공격수 모두 연결 동작이 떨어지는 등 조직력이 취약하다."

세뇰 귀네슈, 당시 FC서울 감독

강릉과 튀르키예 전지훈련을 마친 '귀네슈호'는 3월 4일 K리그 대구전에서 처음 출항했다. 선발 명단에는 아직 스무살이 되지 않은 이청용과 기성용이 포함되어 있었다. 최전방 공격 임무는 김은중과 박주영이 맡았다. 벤치에도 정조국과 두두가 있었을 정도로 귀네슈 감독은 공격에 방점을 둔 게임플랜을 들고 나왔다. 놀랍게도 2006시즌 첫 골의 주인공은 19세 이청용이었다. 후반전이 시작된 지 4분 만에 이청용이 문전 오른쪽에서 생긴 득점 기회에서 선제골을 터트렸다. 교체로 투입된 정조국이 한 골을 보태 귀네슈 감독은 홈 팬들 앞에서 K리그 데뷔전을 승리를 장식할 수 있었다. 취임 기자회견에서 귀네슈 감독은 "새로운 축구가 자리잡으려면 최소한 6개월은 걸린다"라고 말했다. 하지만 대구전 승리부터 FC서울은 개막 5연승을 내달렸다. 5경기에서 서울은 13골을 터트렸고 실점은 한 골에 불과했다.

FC서울 때문에 산다

2007년 3월 21일(수) 20:00, 서울월드컵경기장

삼성하우젠컵 2007시즌 경기 (관중 35,993명)

FC서울　4 (박주영 13'/51'/52', 정조국 87')

수원삼성　1 (마토 6')

서울 선발(세뇰 귀네슈 감독): 김병지(GK), 최원권, 김한윤, 김치곤, 아디(이상 DF), 이민성, 이을용, 이청용, 기성용(이상 MF), 김은중, 박주영(이상 FW)

수원 선발(차범근 감독): 이운재(GK), 마토, 이싸빅, 박주성, 조원희(이상 DF), 백지훈, 김진우, 배기종, 이관우(이상 MF), 안정환, 에두(이상 FW)

NEWS & ISSUE: 귀네슈 감독 체제 첫 슈퍼매치 대결 승리. 박주영 해트트릭.

"개인적으로 경기 내용이 재미있어서 제일 많이 봤던 경기는 2007년 3월 21일 슈퍼매치다. 컵 대회였는데 그때도 박주영이 해트트릭했고, 이청용이 어시스트 2개에, 기성용도 두각을 나타내기 시작했던 경기였다. 우리는 2군 리그를 많이 보러 다녔기 때문에 이청용이 얼마나 잘하는지 잘 알고 있었다. 그게 본격적으로 모든 사람에게 보여지기 시작했던 것이 바로 이 경기부터였다. 공간 침투하는 박주영에게 찔러준 패스는 가히 일품이었다. 이날 기성용도 잘했다. 기성용은 본격적으로 출전하기 시작했던 게 이청용보다 조금 늦었는데 이 경기부터 이름을 알리기 시

FC서울 때문에 산다

작해 확 떴다. 그때 곽태휘도 있었고, 고명진과 고요한, '미친 왼발' 이상
협도 있었다. 당시 멤버 중에서 제일 아까운 선수는 배해민이다. 공격수
인데 부상이 있어서 뜻을 펼치지 못했다. 배해민이 서울에 있던 시절에
박주영, 김은중, 정조국이 스트라이커로 뛰었던 탓에 자리가 없었다."

강동희, FC서울 팬

103

귀네슈 축구는 늘 '쌍용' 이청용과 기성용과 함께 기억된다. 두 선수 모두 스무 살도 채 되지 않은 시절이었다. 당시만 해도 10대 나이의 선수를 프로 경기에 기용하는 결정은 드물었다. 아무리 뛰어난 재능이 있더라도 나이가 어리다는 이유 하나만으로 출전 기회가 주어지지 않았다. 프로 선수를 육성하려고 운영하는 유스 시스템인데도 '프로는 다르다'라는 구시대적 믿음이 강했기 때문이다. 지도자들이 유스 선수를 두고 '처음부터 다시 가르쳐야 한다'라는 말을 자랑이랍시고 했던 시절이기도 했다. FC서울은 멀리 내다봤다. 조광래 감독은 중학생들을 끌어 모았고, 귀네슈 감독은 그렇게 어린 선수들을 실전에 바로 투입할 만큼 현명했고 과감했다.

"귀네슈 감독은 스무살짜리 애들을 과감히 기용했다. 이청용, 기성용, 고명진, 김동섭, 송진형 같은 선수들이었다. 내가 '저 아이들은 아직 여물지도 않았다. 너무 어리다'라고 했더니 감독은 '스무살이 왜 어리냐? 걱정하지 마라'라고 펄쩍 뛰었다. 동계훈련에서 지켜보고 내린 판단이라고 덧붙였다. 선수들은 경험이 조금 쌓이니까 하반기부터 확 달라졌다. 기본적으로 축구 IQ, 축구 지능이 있던 선수들이라서 볼을 참 영리하게 잘 찼다."

"알다시피 그 아이들은 모두 조광래 감독의 작품이었다. 조광래 감독이 어린애들을 육성하는 데에는 재능이 있었다. 머리가 굵은 선수들은 기가 세서 자꾸 틀어지고 반발하는 면이 있는데, 어린 선수들은 그냥 열심

허 지도자의 말을 따랐다. 지금 생각하면 조광래 감독이 U-20, U-23 국가대표팀을 맡았다면 좋은 성과를 냈을 것 같다. 조광래 감독이 '고등학교 졸업하고 오는 애들도 이미 늦다 아예 중학교 졸업하는 애들 데려다가 키워보자'라고 해서 전국에서 잘한다는 10명을 잡아왔다. 한동원을 비롯해서 전국구 10명을 데려다가 키웠고, 이듬해에 또 데려와서 열댓 명을 뽑았다. 그 중에서 반타작을 한 셈이다. 생각해보면 그 선수들로 20년 동안 효과를 봤다."

한웅수, 당시 FC서울 단장

2006년 이장수 감독 아래서 프로에 데뷔한 이청용은 귀네슈 감독 부임 첫 시즌에만 23경기에 출전해 3골 6도움을 기록했다. 이듬해에는 25경기에서 6골 6도움으로 공격포인트를 늘렸다. 이청용이 측면 공격을 전담하는 동안 기성용은 중앙에서 빛을 발했다. 귀네슈 감독의 전폭적인 신임을 받으면서 기성용은 2007년 22경기, 2008년 27경기 그리고 셀틱 이적 전 마지막 해였던 2009시즌에는 31경기에 출전해 4골 10도움이라는 압도적 숫자를 남겼다. 두 선수의 개인 능력이 나이에 대한 편견을 뚫고 나왔다고 할 수도 있지간, 귀네슈 감독이 판을 깔아준 혜안이 있었기에 가능한 성장이었다.

당시 구단 내에서도 어린 선수들의 기용을 반대하는 목소리가 있었다. 하지만 귀네슈 감독은 현실적인 동시에 장기적인 철학을 고수했다. 감독은 언제든 떠날 수 있는 사람이지만, 구단이 연속성을 가져가려면 어린 선수들을 빨리 키워야 한다는 믿음이었다. '미래군'을 직접 영입했던 조광래 감독과 궤를 같이 하는 믿음이었다고 할 수 있다. 서울에서 동시대를 함께했던 주인공은 모두 튀르키예 지도자의 과감한 판단을 칭찬한다.

"귀네슈 감독이 어린 친구들한테 기회를 주지 않고 그냥 기다리는 스탠스로만 봤다면 지금 그 친구들은 없었을지도 모른다. 다들 17~18세 정도 나이라면 '2, 3년 지나면 좋아질 거야', '재능이 있으니까 조금 기다려야 한다'라는 식이다. 귀네슈 감독을 보면서 연령대에 관한 내 고정관념이 다 무너졌다. 나는 문화적으로도 정말 큰 충격을 받았다. 중학교에서 이제 막 올라온 애들을 기용할 줄은 정말 몰랐다. 이청용, 송진형, 고요한, 기성용, 고명진 등등, 코치들도 너무 어리다면서 많이 말렸다. 그런데 감독은 '이 아이들이 곧 서울의 미래가 될 것'이라고 장담했다. 그러더니 6개월, 1년 지나면서 이 친구들이 일취월장했다. 결국 FC서울뿐 아니라 한국 축구의 자산이 됐다."

"FC서울에서 귀네슈 감독이 남긴 유산은 정말 컸다. 선수 육성만이 아니라 팬들을 위해 뛰어야 한다는 철학, 박진감 넘치는 플레이스타일, 장래성 있는 어린 선수들을 과감하게 기용하는 문화, 게다가 훌륭한 지도자도 많이 키워야 한다는 말씀도 많이 했다. 귀네슈 감독은 그런 생각이 되게 강했던 지도자였다. 이장수 감독, 귀네슈 감독, 그리고 빙가다 감독은 모두 캐릭터가 다양하고 강했다. 색깔이 다 다를 뿐 본인들의 장점이 확실했다."

최용수, 당시 FC서울 코치

부임 첫 시즌, 귀네슈 감독과 FC서울은 리그 7위에 머물렀다. 시즌 중반 부상자가 10명 가까이 발생했고, 박주영의 득점 페이스가 감소한 것도 원인으로 작용했다. 리그컵 결승전에서는 울산에 1-2 패배로 무릎을 꿇었다. 그러나 기록과 달리 구단과 팬 모두 귀네슈 체제를 지지했다. 그라운드 위에서 어린 선수들이 싱싱한 모습을 선보였을 뿐 아니라 플레이스타일 자체가 공격적으로 확 변한 덕분이었다. 귀네슈 감독은 항상 '팬들이 즐거워할 수 있는 축구'를 지향했다. 짧은 패스, 원터치 연결, 공격 지향적 경기 운영 등 모든 면에서 팬들은 대만족했다.

"귀네슈 감독은 백패스를 싫어했다. 그게 유럽 축구가 재미있는 이유이기도 한 것 같다. 최근에 예능 프로그램에서 파트리스 에브라와 촬영을 했는데, 그 친구도 몸동작 자체가 항상 상대 골문을 향했다. 백패스도 거의 없었다. 귀네슈 감독도 백패스를 싫어했고, 빠른 템포를 선호했다. 시간 끄는 플레이도 되게 싫어했다. 0.5초, 1초, 2초 머뭇거리는 사이에 상대 수비는 다 내려간다면서 최대한 빨리 전방 타깃 공격수에게 연결하는 플레이를 주문했다. 간결하고 빠른 축구, 빠른 템포가 중요했다. 물론 귀네슈 감독도 이기는 축구를 하려고 애썼지만, K리그에서 통용됐던 상식과는 다른 철학이었다. 귀네슈 감독은 사석에서도 '팬들을 위해 박진감 넘치는 축구를 하는 것이 우리 사명이다'라고 자주 말했다. 수도 서울처럼 큰 팀에서 단순히 승리만을 위한 축구를 하는 것은 의미가 없다고 했다."

"당시 튀르키예 축구가 약간 그런 스타일이기도 했다. 튀르키예 전지훈련에서 보면 강팀이든 약팀이든, 두 골 먹든, 세 골 먹든, 기본적으로 '빠꾸'가 없었다. 두세 골 먹어도 된다, 우리는 이대로 물러서지 않는다, 그런 식이었다. 뭔가 튀르키예 민족의 혼인 것도 같다. 앞으로도 영원히 그럴 것 같다. 경기를 보면 양쪽 모두 엄청 빠르다. 귀네슈 감독은 그런 부분을 우리에게 심으려고 했던 것 같다. 그때도 나이가 좀 있었는데도 열정적으로 우리를 지도했다."

최용수, 당시 FC서울 코치

"선수로서 가장 재미있게 했을 때가 귀네슈 감독 시절이었다. 2007년, 2008년이 가장 재미있었다. 적당한 긴장감도 있고, 적당한 자유도 있고, 무엇보다 선수들이 신나게 잘할 수 있도록 뛰게 하는 게 최대 장점이었다. 귀네슈 감독은 선수들에게 자유를 줬다. 우리는 워낙 젊어서 다들 혈기 왕성했다. 호기심도 많을 때였다. 솔직히 나가서 놀기도 좋았다. 20분이면 압구정동에 갈 수 있는 위치 아닌가. 그렇지만 경기장과 훈련장에서는 명확했다. 항상 제일 먼저 출근하고, 제일 늦게 퇴근했다."

"당시 한국에서는 사실 패싱 축구 같은 거 없었다. 감독들이 죄다 '그냥 뻥 차!'라고만 했다. 그런데 귀네슈 감독은 오자마자 항상 패스할 때는 기본적으로 앞으로 해야 한다, 멀리 차더라도 목적이 있어야 한다고 말했다. 때로는 짧게, 때로는 길게, 선수들도 하면서 너무 재미있었다. 내가 지도자로서 가장 닮고 싶은 감독이 바로 귀네슈 감독이다. 그때 내가 더 영리하고 미리 지도자를 준비했더라면 훈련이나 미팅에서 얘기를 어떻게 했고, 경기 준비는 어떻게 했는지 다 메모했을 것이다. 그런 생각을 하지 못했던 게 너무 아쉽다."

정조국, 당시 FC서울 공격수

귀네슈 2년 차는 명과 암이 공존했다. 오프시즌 서울은 인천에서 공격수 데얀을 영입했다. K리그 데뷔 시즌에만 데얀은 리그 14골, 리그컵 5골로 총 19골을 기록하며 리그 최정상급 골잡이로 올라섰다. 2007시즌 서울은 부상과 대표팀 차출로 인해 활기찬 중원 플레이를 득점으로 마무리하는 작업 효율이 문제로 지적되었다. 데얀의 가세는 서울에서 완벽하게 작동했다. 유럽 여름 이적시장에서 박주영이 AS모나코로 떠났음에도 서울이 리그 막판까지 선두 자리를 지킬 수 있었던 데에는 데얀, 정조국, 이청용 등 다른 공격 자원들의 맹활약이 있었다.

경기장 밖에서 일하는 프런트도 귀네슈 감독의 유연한 업무 스타일을 만족스러워했다. 새 선수를 영입할 때 그는 항상 3명의 선택지를 주면서 "이중에서 한 명을 영입해달라"라고 요청하는 식이었다. 예를 들어, 데얀은 귀네슈 감독의 1순위 영입 후보였다. 2순위가 스테보, 3순위가 데닐손으로 정해져 있었다. 국내 지도자들은 대부분 어느 선수를 특정한다. "이 선수가 아니면 안되니까 무조건 영입하라"라는 식이다. 카드가 하나로 고정되면 프런트로서는 타 구단과 협상하는 과정에서 끌려갈 수밖에 없다. 자칫 해당 선수 영입이 불발되면, 감독은 프런트가 선수단을 지원하지 않는다는 식으로 상황을 정리해버리기도 한다. 프런트로서는 큰 애로점일 수밖에 없다. 그런 면에서 귀네슈 감독은 언제나 유연했을 뿐 아니라 선수 영입 협상의 변동성이 크다는 현실을 잘 이해하고 있었다.

2008년 10월 29일(수) 19:30, 수원월드컵경기장

삼성하우젠 K리그 2008시즌 경기 (관중 26,713명)

수원삼성   0

FC서울   1 (기성용 45+2')

수원 선발(차범근 감독): 이운재(GK), 곽희주, 마토, 김성근, 양상민(이상 DF), 조원희, 홍순학, 송종국, 백지훈(이상 MF), 에두, 하태균(이상 FW)

서울 선발(세놀 귀네슈 감독): 김호준(GK), 김치곤, 김진규, 박용호, 아디(이상 DF), 김한윤, 안태은, 기성용, 이청용(이상 MF), 이승렬, 데얀(이상 FW)

"수원 원정 가서도 기성용의 캥거루 세리머니도 봤고, 성남 경기에서 나왔던 이상협의 '미친 왼발'도 직접 봤다. 당시 귀네슈 축구가 정말 스피디하고 박진감 넘쳐서 너무 재미있었다. 시즌 막판에 누가 1위로 가느냐를 놓고 경쟁했을 때다. 그때 남은 경기들을 다 보면서 완전히 FC서울에 빠져서 2009년부터는 매해 시즌권으로 거의 모든 홈경기에 다니고 있다."

이재성, FC서울 팬

2008시즌은 서울, 수원, 성남이 막판까지 치열한 선두 경쟁을 펼쳤다. 서울은 여름부터 17경기 연속 무패 행진을 달리면서 귀네슈 체제의 성공을 예감하는 듯했다. 하지만 11월 2일 하위권이었던 부산과의 원정 경기에서 어이없게 0-2로 완패를 당하고 말았다. 경기 후 귀네슈 감독은 "상상도 하지 못했던 결과"라면서 고개를 떨궜고, 이날 패배로 서울은 수원에 승점 동률을 허용하면서 골득실에 뒤져 2위로 내려 앉았다.

남은 두 경기에서 서울은 포항과 울산을 모두 잡았지만, 라이벌 수원 역시 승점을 더 잃지 않았다. 최종 순위표에서 서울은 수원에 골득실 3골 차이로 밀려 2위에 머물렀다. 막판 치열한 경쟁에서 정조국은 광대뼈가 부러지는 불상사를 당했다. 부상 전 최근 3경기 연속 득점 중이었기에 그의 부상은 개인과 팀 모두 큰 손실이었다. 하지만 정조국은 그렇게 시즌을 마칠 수 없었다.

"태극 무늬 마스크를 맞춰서 구단이 언론에도 보도자료를 내고 그랬다. 그런데 너무 크고 두껍고 잘 보이지도 않아서 못하겠더라. 그래서 벗고 그냥 뛰었다. 프로 생활하면서 MVP도 하고 득점왕도 했지만, 2008년이 인생에서 몸이 가장 좋았다. 내 컨디션도 좋았고, 팀도 계속 이기면서 무패로 올라갔다. 여름에 (박)주영이가 유럽으로 떠나면서 투톱으로 내가 데얀과 뛰었는데, 그때 호흡이 처음 잘 맞기 시작했다. 부상은 누구에게나 일어날 수 있지만, 그 시즌은 개인적으로 굉장히 안타까웠다."

정조국, 당시 FC서울 공격수

FC서울 때문에 산다

플레이오프에서 서울은 울산을 4-2로 제치고 챔피언결정전에 진출
했다. 거대한 한판 승부가 성사된 것이다. 한 해 우승 타이틀을 두고 서
울과 수원이라는 리그 최고의 인기 구단 두 팀이 격돌하는 매치업이야
말로 모든 축구 팬이 원하는 최상의 시나리오였다. 귀네슈와 차범근의
감독 맞대결, 서울에는 이청용과 기성용, 데얀, 정조국, 아디, 김치우, 김
진규 등이 버텼고, 수원에는 에두, 백지훈, 김대의, 조원희, 송종국, 마토,
곽희주, 이운재가 있었다.

리그에서 가장 패기 넘치는 젊은 강팀과 가장 화려한 스타들이 모여 있는 베테랑 군단 강팀이 마지막 관문 앞에서 벌인 정면충돌 두 판에만 무려 8만여 관중이 모였다. 2008년 챔피언결정전은 K리그에 역사에 길이 남을 최고의 명승부로 기억된다. 12월의 하얀 눈이 수원에는 축복으로, 서울에는 차디찬 눈물로 다가왔다는 사실이 서울 팬들의 마음을 아프게 할 뿐이었다.

　　"진짜 슬픈 하루였다. 저쪽 기세가 워낙 좋았지만, 우리도 자신감이 충만했다. 수원삼성한테는 절대 져서는 안 된다는 각오가 컸다. 양쪽 모두 총력전이었다. 그런데 확실히 축구어서 운이라는 단어를 뺄 수가 없더라. 그날도 보면 뭔가 마지막 하나가 풀리지 않았다. 경기가 끝나고 눈이 내리기 시작하는데 정말 슬펐다. 충격도 컸다."

최용수, 당시 FC서울 코치

　　"전날 너무 추워서 땅이 얼었다. 아침부터 온풍기 동원해서 땅을 녹인다고 난리가 났다. 챔피언결정전에 외국인 심판이 올 때였다. 독일 심판이었던 걸로 기억한다. 우리는 무조건 우승이라고 생각했다. 정말 오랜만에 서울이 우승하겠구나, 서울이라는 이름을 달고는 처음 우승하는구나, 다들 이렇게 생각했다. 그런데 졌다. 갑자기 하늘에서 눈이 내렸다. 제3자가 보면 이건 뭐 이보다 더 예쁜 영화가 없다. K리그 역사에 손꼽힐 만한 경기가 아닐까 싶다. 진짜 허망했다. 끝나고 라커룸에서 우는 친구도 있었는데, 그냥 다들 말이 없었다. 그렇게 경험이 많은 귀네슈 감독

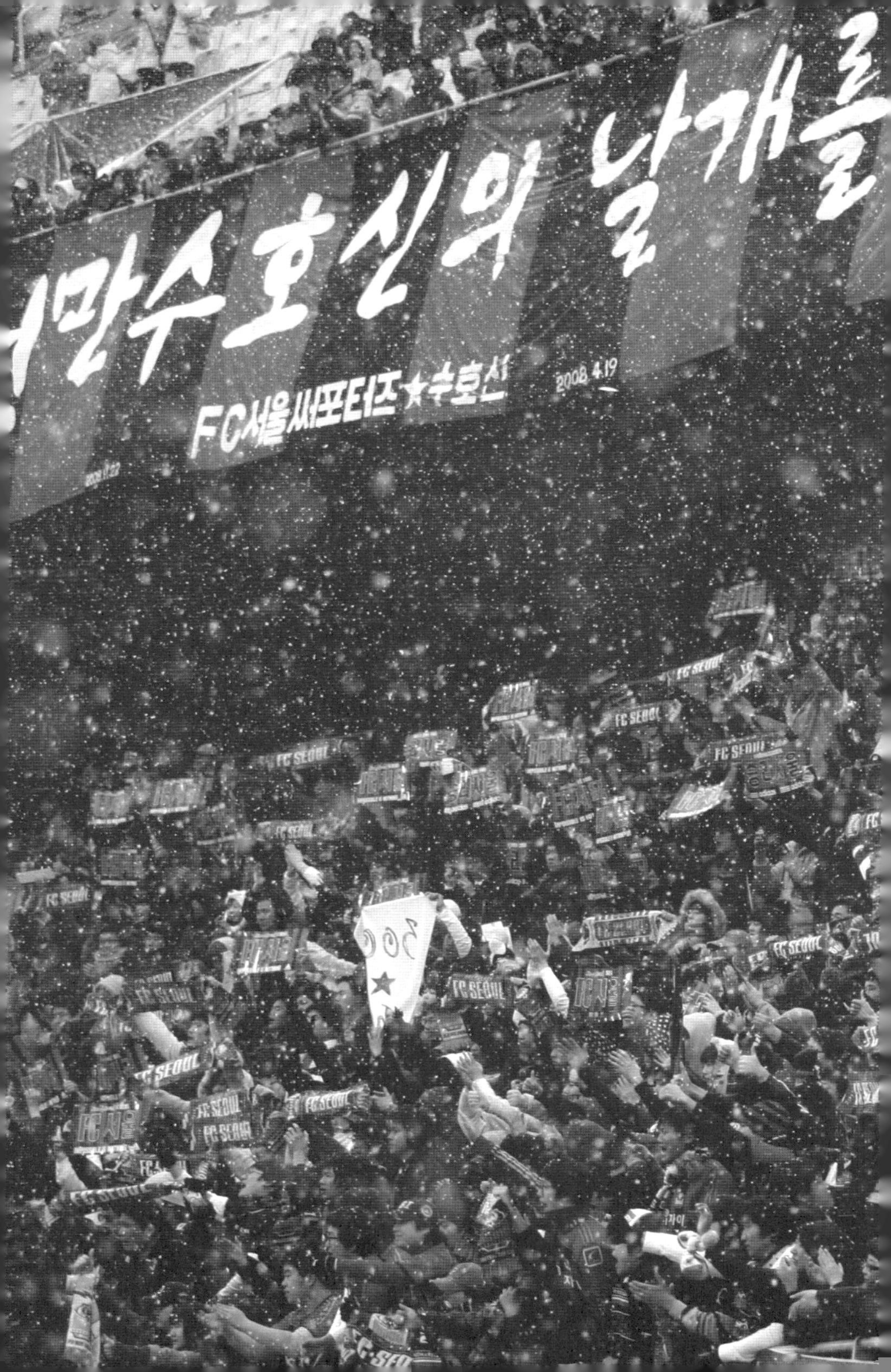
만수호신의 날개를
FC서울써포터즈★수호신
2008.4.19
FC SEOUL

120

조차 아무 얘기를 하지 않아서 분위기가 참 적막했다. 2008년 눈 오는 날은 가장 슬펐던 경기로 남는다. 최악의 슈퍼매치도 당연히 그 경기였다. 끝나고 우리는 인터컨티넨탈 호텔에서 우승 파티를 준비해 놨다. 경기에 패했어도 준비해 놓은 건 있고 선수들도 식사는 해야 하니까 장소로 갔다. 분위기가 싸늘해서 진짜 밥단 먹고 헤어졌다."

정조국, 당시 FC서울 공격수

2009시즌이 더 허망한 결과로 남을 줄은 아무도 몰랐다. 서울은 7월 에이스 이청용이 프리미어리그 볼턴원더러스로 떠났다. 간판스타가 빠지고도 팀은 15라운드부터 26라운드까지 계속 선두 자리에서 내달렸다. 하지만 신흥 강호 전북현대모터스가 무섭게 치고 올라왔다. 서울은 또다시 막판에 힘이 빠졌다. 정조국은 "ACL에서도 8강 탈락하면서 선수들 동기부여가 크게 떨어졌다"라고 회상한다. 시즌 마지막 5경기에서 서울은 1승 2무 2패로 미끄러졌다. 2위는커녕 골득실로 포항에 뒤져 최종 순위는 3위로 마무리되었다. 동력을 잃은 서울은 플레이오프에서 전남에 승부차기로 패하면서 재차 아쉬움 속에서 시즌을 마감해야 했다.

이 결말이 귀네슈 감독과 함께했던 마지막 시간이었기에 안타까움을 더 컸다. 2009년 내내 귀네슈 감독은 기력이 쇠한 듯한 모습이었다. 구단에서 아무리 노력해도 타지 생활의 부족함이 완벽하게 채워질 수는 없는 노릇이었다. 귀네슈 감독은 튀르키예로 돌아가고 싶다며 구단 측의 계약 연장 요청을 정중히 사절했다. 귀네슈 감독이 한국을 떠나던 날, 인천국제공항에는 언론과 팬은 물론 선수들도 직접 와서 튀르키예 은사를 배웅했다. 이제 막 스무살이 된 기성용이 "다음에 튀르키예 갈 때 비행기표 좀 사달라"라면서 장난을 쳤다. 귀네슈 감독은 농담인 줄 알면서도 누구보다 진지하게 덕담을 남겼다.

"21살의 나이로 유럽에 간다는 건 큰 기회다. 3~4년 안에 유럽에 가지 못하면 내가 다시 와서 네 머리통을 깨버리겠다. 너만 열심히 잘하면 돈을 피하려고 해도 돈이 너를 따라다닐 거다. 팬, 구단, 친구 관계는 절대로 돈에서 가치를 찾을 수 없다."

세놀 귀네슈, FC서울 감독

"귀네슈 감독이 한국을 떠날 때 나도 공항에 나갔다. 마지막 가는 길은 배웅을 꼭 해드리고 싶었고, 그게 예의라고 생각했다. 특히 나는 귀네슈 감독과 이슈도 많아서 티격태격 싸우기도 많이 싸웠다. 미운 정 고운 정다 들었고, 물론 고마운 부분이 굉장히 많았다. 내가 사고 칠 때 감싸줬던 부분들. 지금 생각해보면 나를 아들처럼 생각했던 것 같다. 그때 공항에 팬들도 정말 많이 나왔다. 귀네슈 감독은 많은 사랑을 받았고, 사랑받아 마땅했다."

정조국, 당시 FC서울 공격수

귀네슈 감독과 함께했던 3년 동안 서울은 무관에 머물렀다. 하지만 구단 관계자는 물론 팬들도 '가장 행복했던 시절'을 묻는 말에 약속이라도 한듯이 "귀네슈 때"라고 대답한다. 귀네슈 감독은 재미있는 플레이스타일을 추구했다. 그의 공언은 레토릭이 아니라 그라운드 위에서 실제로 구현되었다. 서울은 매력적인 축구로 팬들의 오감을 충만하게 만들었다. FC서울이 리그 최대 팬덤을 보유할 수 있었던 결정적 발판이 바로 귀네슈 3년이었다. 매력적인 축구, 공격적인 축구, 긍정적인 축구가 팬들을 스폰지처럼 빨아들였다. 그와 보낸 3년을 거치면서 서울은 유스 시스템이 완벽히 자리를 잡았고, 프로축구 선수단의 선진 운영 기법이 어떤 모습인지를 선명하게 습득할 수 있었다.

  FC서울은 선수단과 구단의 역할 분담이 가장 명료하게 정의되어 작동하는 구단으로 유명하다. 그런 문화가 정착될 수 있었던 계기 역시 귀네슈 감독의 유산이다. 국내 지도자들 중에는 선수들의 24시간을 통제해야 한다는 믿음이 존재한다. 그래서 구단이 선수와 직접 소통하지 못하게 벽을 치기도 한다. 축구와 상관없는 마케팅이나 사회공헌 활동을 진행할 때도 구단은 감독이나 코칭스태프를 경유해서 선수와 소통해야 하는 문화가 일반적이다.

  귀네슈 감독은 달랐다. 훈련장과 경기장에 있는 피치 안에서는 독재자로서 군림했다. 구단 직원은 그의 허락이 있어야만 훈련장 피치 안에 들어갈 수 있었다. 하지만 밖에서는 유연했다. 구단이 마케팅 활동에 선수가 필요할 때도 귀네슈 감독은 "그런 건 구단과 선수가 알아서 하라. 내 일이 아니다"라며 구단 영역을 존중했다. 선수를 관리하는 부분도 철저히 계약에 근거했다. 영입이 확정적이어서 팀훈련에 먼저 합류해도 되는 선수라도 "계약서가 마무리되기 전에는 내 선수가 아니다"라고 선을 그었다. 이런 유럽형 구단 운영 문화가 지금까지 FC서울 안에서 유지

FC서울 때문에 산다

되고 있다.

"옆에서 겪어본 귀네슈 감독은 삶 자체가 굉장히 경건했다. 그 사람의 인생을 관통하는 키워드는 딱 3개였다. 축구, 가족, 신앙. 누군가에 휩쓸려 유흥이나 여가를 즐기는 일은 없었다. 술도 마시지 않았다. 그냥 축구와 가족밖에 없었다. 정말 매사에 진지했고 점잖았다. 타지 생활이 외로울까 봐서 내가 자주 만나서 귀네슈 감독을 챙겼다. 워커힐호텔에 있는 한 식당의 음식을 좋아해서 자주 그곳에 갔다. 이야기를 나누다 보면 귀네슈 감독은 역사, 철학 등에서 정말 박식했다. 고등학교 역사 교사까지 했던 사람이었으니까. 이슬람 교도였지만 사회생활에서 전혀 티를 내지 않았다. FC서울이라는 하드웨어가 있고, 그 제품을 한 단계 레벨업시킨 소프트웨어가 바로 귀네슈 감독이었다."

한웅수, 당시 FC서울 단장

"모든 걸 선수들에게 편하게 오픈해줬다. 나도 감독실에 자주 찾아갔다. 경기에 출전하지 못하면 왜 못 뛰었는지를 설명해달라고 요청했다. 그러면 항상 자세히 설명해줬다. 한국인 감독이었으면 정서상 그렇게 가서 묻기가 어렵다. 귀네슈 감독은 모든 선수에게 공평했다. 많이 고맙고 많이 그립기도 하다."

정조국, 당시 FC서울 공격수

FC서울 팬 폴 카버의 '퍼스트 클럽'은 가족 대대로 내려온 셰필드 웬즈데이다. 영국인 가족에서 팬심의 대물림은 지극히 자연스러운 현상이 자 고유의 문화라고 할 수 있다. 그런데 서울에서 자라난 자녀들은 환경 적으로 '팬심 정체성'에서 혼란을 겪을 수밖에 없었다. 그럴 때 FC서울 에 귀네슈 시대가 펼쳐지고 있었던 것은 그에게도 천만다행이었다.

"한국 방송사는 프리미어리그에서 맨체스터유나이티드 아니면 첼시 경 기만 중계해줬다. 내 아이들이 그걸 보고 맨유나 첼시 팬이 될까 봐서 걱 정이 들었다. 그래서 상암에 데려가서 FC서울 경기를 보여주기로 했다. 그때가 2007년이었다. 아들은 2002년생, 딸은 2004년생이니까 아직 미취학 아동이었다. 그렇게 시작해서 귀네슈부터 빙가다까지 되게 재 미있게 봤다. 그때는 팀이 너무 잘했고 좋은 선수도 많았다. 축구를 되게 시원시원하게 해서 경기를 놓칠 수가 없었다. 그런 계기로 FC서울에 빠 졌다. 그냥 이기기만 했던 게 아니라 3-0, 4-0으로 대승하는 경기가 많 았다. 그때 내가 제일 좋아했던 선수가 라이트백 최효진이었다. 서울에 워낙 스타가 많아서 그가 비교적 크게 인정받지 못한 부분이 있는 것 같 지만, 언제나 열심히 뛰었다. 패스도 잘했고, 태클도 정말 세게 들어갔 다. 진짜 뛰어난 선수였다."

"지금도 아이들은 방학이 되면 한국에 와서 나랑 경기장에 같이 간다. 아들은 서울 유니폼도 있고, 영국에서도 경기 결과 정도는 챙긴다. 딸도 같이 경기장에 가긴 하는데 축구를 떠나서 아빠와 함께 시간을 보내고 싶다는 마음이 크다. 딸도 서울 유니폼을 입고 다닐 때가 있는데, 요즘

서울은 별로라고 하더라."

폴 카버, FC서울 팬

한국을 떠난 이후, 귀네슈 감독은 자신의 고향 팀인 트라브존스포르에서 컵대회 우승을 차지했고, 이스탄불 명문 베식타슈의 지휘봉을 잡

127

왔던 2015-16시즌, 2016-17시즌 연달아 쉬페르리그를 제패했다. 탁월한 지도력을 인정받아 2019년에는 두 번째로 튀르키예 국가대표팀 감독직에 선임되기도 했다. 당시 그의 나이는 67세였다.

유럽 축구 현장에서 계속 실적을 남기면서도 FC서울과의 인연으로 귀네슈는 대한축구협회가 국가대표팀 감독을 새로 구할 때마다 늘 이름이 거론되었다. 하지만 나이가 많다는 이유로 번번이 최종 결정에서 제외되었다. 국내 프로축구계에 선진 기법을 이식했을 뿐 아니라 한국 축구에도 특별한 애정을 품었던 유럽 지도자는 귀네슈 감독이 유일하다는 점을 생각하면 축구 팬들로서는 한국 축구 집행부의 선택에 아쉬움이 남는 게 사실이다. 2025년 5월 브라질축구협회는 카를로 안첼로티를 국가대표팀 감독으로 선임했다. 올해 그는 66세다.

"그가 돌아간 이후, 국가대표팀이 외국인 감독을 물색할 때마다 나는 계속 귀네슈를 추천했다. 대표팀 주축이 될 만한 선수들인 기성용, 이청용, 박주영이 전부 그의 제자들이었으니까 괜찮겠다고 생각했지만, 희한하게 우리 대표팀과 인연이 닿지 않았다."

한웅수, 현 한국프로축구연맹 부총재

축구 팬들에게 새로운 희망을 던졌던 박주영과 '쌍용' 시대도 귀네슈 체제와 함께 작별을 고했다. 박주영은 2008년 8월 30일 광주상무전을 마지막으로 프랑스 리그앙의 AS모나코로 이적했다. 이듬해 여름 이청용이 프리미어리그로 떠났고, 2009시즌을 마친 기성용은 스코틀랜드

명문 셀틱으로 이적했다. 당시만 해도 K리그에서 유럽 5대 리그로 직행하는 한국인 선수는 드물었다.

하지만 유럽 스카우트망에도 FC서울은 동아시아 시장에서 눈에 띄는 존재였기에 서울 3인방은 축구 변방이라는 핸디캡을 극복하고 축구의 본고장인 유럽 리그로 진출할 수 있었다. 박주영, 이청용, 기성용의 대한민국 A매치 출전 기록 합계는 267경기 43골에 달한다. 특히 '쌍용'은 조광래 감독의 선견지명이 만들고 귀네슈의 과감한 선택이 꽃을 피우게 했던 FC서울의 대표작이자 한국 축구의 귀중한 자산으로 남는다.

Chapter 5.
아시아

ASIA

2010 ~ 2016

모두가 사랑했던 세뇰 귀네슈 시대가 끝났다. 무한 지지를 받았던 감독과 작별했고, 간판스타들은 떠났다. 선수단 곳곳에 생긴 구멍은 너무나 커 보였다. FC서울의 감독 선임은 불안감을 키웠다. 요르단 국가대표팀을 이끌고 2010년 남아공월드컵 아시아 예선에서 대한민국을 상대했던 넬루 빙가다(당시 56세)였다. 1996년 사우디아라비아의 AFC아시안컵 우승과 2000년대 초반 이집트 자말렉에서 타이틀을 쟁취했지만, 빙가다의 이력서는 저니맨 향기가 물씬 풍겼다. 당장 우승이 절실했던 서울의 사정과 포르투갈 출신 신임 지도자의 경력은 거리감이 느껴졌다.

프리시즌에서 구단은 부족한 부분을 적극적인 전력 강화로 메우려고 노력했다. 수문장 김용대를 비롯해 최효진, 하대성, 방승환 등 리그 정상급 자원을 영입했다. 귀네슈 체제에서 기틀이 잡힌 시스템은 강력했다. 원정 2연전으로 진행된 시즌 첫 두 경기에서 서울은 8골을 터트리며 힘차게 출발했다. 홈 개막전에서 전북에 아쉬운 0-1 패배를 당했지만, 이후 리그 4연승이 이어졌다. 개막 10경기에서 서울은 7승 3패를 기록했는데 승리했던 7경기가 전부 3골 이상 다득점으로 장식되었다. 6라운드 홈 슈퍼매치도 전반전에만 3골이 나오면서 쾌승으로 마무리되었다. 승리는 관중을 불렀다. 첫 슈퍼매치에서 48,558명이 입장한 데 이어 어린이날 홈경기에는 대한민국 프르 스포츠 역사상 최초인 6만 관중(60,747명)에 도달하는 쾌거를 낳았다.

2010년 5월 5일(수), 서울월드컵경기장

쏘나타 K리그 2010시즌 경기 (관중 60,747명)

FC서울　4 (데얀 20'/69'/76', 이승렬 90+2')

성남일화　0

서울 선발(넬루 빙가다 감독): 김용대(GK), 최효진, 박용호, 김진규, 현영민(이상 DF), 에스테베즈, 아디, 하대성, 김치우(이상 MF), 데얀, 방승환(이상 FW)

성남 선발(신태용 감독): 정성룡(GK), 장학영, 사샤, 조병국, 전광진(이상 DF), 몰리나, 김성환, 홍철, 파브리시오(이상 MF), 남궁도, 조재철(이상 FW)

NEWS & ISSUE: 한국 프로 스포츠 모든 종목을 통틀어 단일 경기 역대 최다 관중(60,747명) 기록

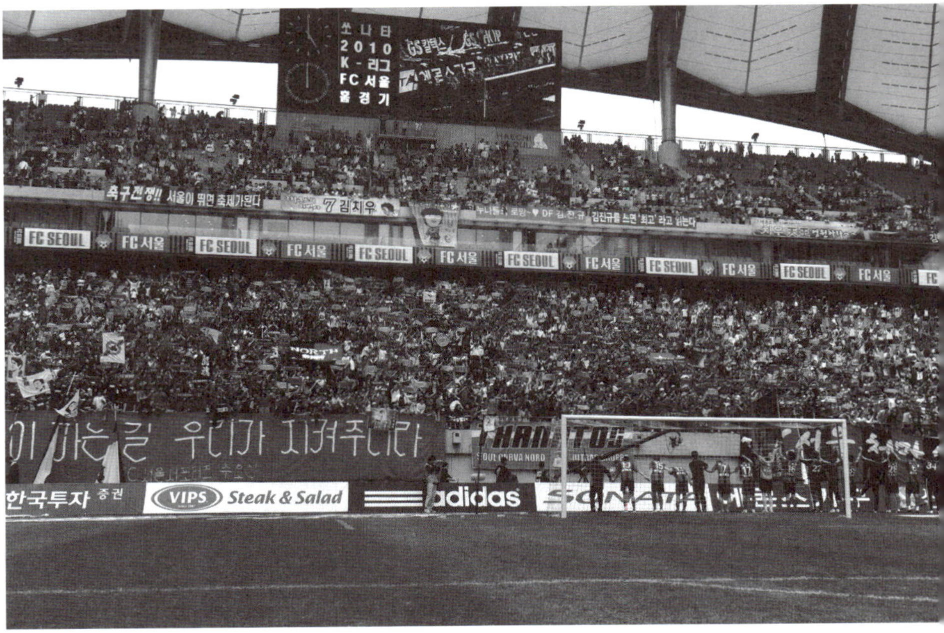

"경기 시작하기 3시간 전에 축구장에 도착했다. 그날 관중이 너무 많아서 3시간 전에는 와야 주차할 수 있었다. 1시간 전에 경기장 주변에 도착하면 지각이었다. 이때 어린이날 경기가 사람들 사이에서도 정말 유명하다. 신태용 성남 감독과 선수들의 표정이 기억난다. 이런 대관중 앞

에서는 아무것도 할 수 없다는 걸 자각하는 듯한 표정이었다. 6만 명이 뿜어내는 그 에너지를 거스를 수 없다는 사실을 깨달은 것 같았다. 축구 팬 인생에서 제일 편하게 봤던 시즌이었다. 홈 승률이 90%가 넘었다. 한 번 졌던 것 같다. 매번 우리가 경기에서 이기는 걸 보러 가는 날 같은 느낌이었다. 어느 정도였냐면, 경기에서 0-2로 뒤지고 있는데 시간이 5분밖에 남지 않았다고 해도 사람들이 진다는 생각을 하지 않았다. 그리고 정말 종료 직전에 두 골을 넣고 그랬다. 동점뿐만 아니라, 후반 추가시간에 역전골 넣어서 이겼다."

강동희, FC서울 팬

서울의 쾌속 질주는 리그컵에서도 이어졌다. 8월 25일 전주월드컵경기장에서 서울은 전북과 포스코컵 결승전에 나섰다. 전반전 무득점 공방은 불안함이 아니라 나머지 45분을 위한 에피타이저였다. 후반 시작 10분 만에 서울은 데얀과 정조국의 연속 득점으로 앞서갔다. 종료 전 추가시간에 이승렬이 다급한 전북의 추격에 쐐기를 박으며 3-0 완승을 마무리했다. 2006년 이장수 감독 시절 이후 4년 만에 서울은 우승 트로피에 입을 맞췄다.

리그에서도 서울은 극강의 모습을 유지했다. 첫 홈 경기에서 전북에 당했던 0-1 패배는 해당 시즌의 처음이자 마지막 홈 패전이었다. 서울은 리그와 리그컵, 플레이오프를 합쳐 홈에서 열렸던 19경기에서 무려 18승 1패라는 놀라운 결과를 남겼다. 18승 중에서 절반인 9경기가 무실점이었다. 홈에서 승점을 쓸어 담은 끝에 서울은 11월 7일 대전을

2-1로 제압하면서 정규 리그 1위를 확정했다. 리그 홈 14경기에서 서울은 총 관중 431,882명을 기록해 K리그 최초로 3만대 평균 관중에 도달하는 구단에 등극했다.

2010시즌 내내 서울의 분위기는 '진다는 생각이 들지 않는다'는 자신감으로 꽉 찼다. 제주를 상대했던 챔피언결정전도 마찬가지였다. 원정 1차전에서 서울은 상대에게 2골을 먼저 내줬으면서도 후반 추가시간에 터진 김치우의 '극장골'로 2-2 두승부를 이끌어냈다. 홈에서 열렸던 2차전도 서울은 선제 실점으로 출발했다. 그런데도 선수단은 물론 상암 북측 스탠드를 가득 메운 팬들조차 아무도 불안해하지 않았다. 서울이라면 절대 그대로 무너지지 않을 것이라는 믿음이 있었던 덕분이다. 선제 실점을 허용한 지 3분 만에 정조국이 페널티킥을 성공시켰고, 후반 들어 아디의 강렬한 헤더슛으로 서울은 2-1 역전승을 거뒀다. 상암 복귀 후 첫 우승은 이렇게 작성되었다.

2010년 12월 5일(일) 14:00, 서울월드컵경기장

쏘나타 K리그 2010시즌 챔피언결정전 2차전 경기 (관중 56,759명)

FC서울 2 (정조국 p28', 아디 72')

제주 1 (산토스 25')

서울 선발(넬루 빙가다 감독): 김용대(GK), 최효진, 김진규, 아디, 현영민(이상 DF), 최태욱, 하대성, 제파로프, 김치우(이상 MF), 정조국, 데얀(이상 FW)

제주 선발(박경훈 감독): 김호준(GK), 이상호, 마철준, 홍정호, 강준우(이상 DF), 박현범, 오승범, 배기종, 김영신(이상 MF), 김은중, 산토스(이상 FW)

NEWS & ISSUE: 1차전 2-2 무승부, 2차전 2-1 승리. 합산 1승 1무(4-3)로 서울 우승.

"최고의 순간은 2010년 우승했던 때였다. 주장이 박용호 선수였다. 전에 포스코컵에서 우승하긴 했는데 그거랑은 또 다르지 않나. 결승전에서 내가 골도 넣었는데, 리그 우승은 다르다. 챔피언결정전에서 내가 동점골을 넣었다. 인생에서 그때 트로피 들어올린 게 최고였다."

정조국, 당시 FC서울 공격수

"FC서울 경기를 오래 보기는 했지만, 서울이 우승했던 건 1985년과 1990년이었기 때문에 그땐 내가 너무 어려서 직접 보지 못했다. 2000년 우승했을 때는 안양 시절이었다. 그래서 내가 직접 본 우승은 2010년이 처음이었다. 그동안 다른 팀 팬들한테 조롱받았던 스트레스를 극복해내고 드디어 우승했다는 사실 자체가 되게 감격스러웠다. 한이 풀리는 기분이었다. 그때 아디는 직전에 크게 다쳤다. 광대뼈가 함몰되는 큰 부상이었는데 챔피언결정전에서 아디가 헤더로 꽂아 넣는 모습이 너무 감동적이었다. 그 골은 진짜 잊을 수가 없다. 그때 중계 방송을 보면 내가 관중석에서 우는 장면이 나온다."

이재성, FC서울 팬

　부임 당시 큰 기대를 받지 못했던 빙가다 감독의 성공 요인은 편안함이었다. 열정이 넘쳤던 일벌레 전임자와 달리 빙가다 감독은 언제나 느긋했고 온순했다. 선수들 앞에서도 그는 보스가 아니라 친구로서 다가갔다. 귀네슈 감독이 만들어 놓은 팀, 퀄리티를 갖춘 선수들, 그리고 편안하고 친근한 팀 내 분위기가 더해져서 상암 복귀 후 첫 우승이 완성될 수 있었다.

"용장, 맹장, 지장, 은장 등등 감독의 스타일이 많은데 빙가다 감독은 덕장이었다. 스태프와 선수들을 자기 친자식처럼 생각했다. 팀에 부정적인 선수를 질타한 적도 거의 없었다. 선수들에게 항상 긍정적인 메시지와 칭찬을 줬다. 누구와 만나도 "아미고~ 아미고~"라면서 친근하게 대했다. 솔직히 나는 약간 그런 부분이 답답하기도 했다. 한국적인 정서에서는 잘못된 게 있으면 딱 혼을 내고, 그런 걸 명확히 짚고 넘어가야 하는데, 빙가다 감독은 그냥 다 넘어갔다."

"오후 3시 훈련인데 감독이 2시반에 출근했다. 안익수 수석코치가 '감독이 왜 안 오냐?'라면서 전화해보라고 보냈다. 그때 내 위에 있던 선배 코치들도 얼마나 빡세게 운동하고 생활했던 사람들이었나? 그런데 빙가다 감독은 여유 있게 시간에 딱 맞춰서 구리에 나타났다. 그 전까지 한국인 선수들 대부분은 지도자의 강력한 주입식 메시지에 익숙했고, 아디나 데얀처럼 한국에서 오래 생활한 외국인 선수들도 그랬다."

"빙가다 감독은 그런 선수들을 그냥 놀이터에 풀어놓고 '재미있게 놀다 와'라는 식이었다. 그랬더니 선수들이 안에서 갖고 있던 창의력이 나오기 시작했다. 분위기가 편안해지고, 이미 탄탄한 실력을 갖췄던 선수들이었으니까 다들 춤을 추기 시작했다. 한 골 먹어도 금방 뒤집을 수 있다는 믿음도 생겼다. 솔직히 나는 '이게 뒤지?'라는 생각까지 들었다. 세상에 이렇게 풀어주는데 애들이 춤을 추네? 덕장의 진면모를 내가 바로 옆에서 지켜보고 있으니 소름이 돋을 정도였다. 꾸중보다 칭찬이 이렇게 강력하다는 사실을 그때 나도 깨달았다."

최용수, 당시 FC서울 코치

축구적으로 월등했던 귀네슈 체제는 결국 우승하지 못했다. 언제나 느긋하고, 때로는 아무 생각 없어 보였던 포르투갈 출신 빙가다 체제에서 서울은 마지막 방점을 찍을 수 있었다. 축구의 신이 불공평한 걸까? 전임자가 남겼던 레거시가 너무나 위다 했기에 서울 식구들조차 이런 결과에 고개를 갸우뚱거릴 수밖에 없었다. 물론 기술적인 분석도 가능하

다. 귀네슈 감독의 팀은 항상 뒷심이 부족했다. 처음에 잘 나가다가 무더운 여름이 지나면서 경기력이 떨어지는 문제가 반복된 것이다.

선수단 내에서는 고강도 훈련을 원인으로 꼽는다. 귀네슈 감독의 훈련은 강도가 매우 높았다. 피지컬을 갖춘 유럽 선수들은 버텼지만, 국내 선수 중에는 여름 이후 몸이 망가지는 사례가 반복되었다. 시즌 우승 향배가 걸린 막바지에 부상자 발생은 팀 성적에 치명타일 수밖에 없었다.

"결국 귀네슈 감독님은 빈손으로 갔다. 진짜 아이러니하다. 그런데 그런 경험과 힘이 있었던 덕분에 2010년에 우승할 수 있었다고 생각한다. 귀네슈 감독이 떠나서 선수들이 더 간절하지 않았나 싶다. 귀네슈 감독님과 빙가다 감독님은 정반대 스타일이다. 귀네슈 감독은 열정도 넘치고 체력도 좋았다. 그런데 빙가다 감독님은 진짜 동네 아저씨였다. 맨날 쓱 와서 농담하고, 그러면서 선수들을 편하게 해줬다. 그런 부분이 잘 먹혔던 것 같다. 그때는 멤버도 워낙 좋았다. 하대성, 최효진, 혼영민, 최태욱 등 새로 영입된 선수들이 굉장히 잘해줬다. 결국 결과는 빙가다 감독님이 다 가져갔다. 귀네슈 감독님이 있을 때 우승컵 하나를 들었어야 했는데, 그러지 못했다는 게 제일 아쉽다."

정조국, 당시 FC서울 공격수

서울에 귀중한 우승을 안긴 빙가다 감독은 당초 2년 계약을 채운다는 입장이 변화가 없어 보였다. 구단 측에서도 우승 감독과 기싸움을 벌일 이유가 없었다. 그런데 시즌을 정리하면서 빙가다 감독의 태도가 돌

변했다. 우승을 근거로 갑자기 비현실적인 연봉 인상을 요구했다. 어느 정도 보상은 있어야겠지만, 그가 요구했던 금액은 지나치게 컸다. 서울은 난색을 표시했다. 더 놀라운 일이 벌어졌다. 빙가다 감독이 뒤도 돌아보지 않고 떠나버린 것이다. 우승의 기쁨으로 불과 한 달도 채 지나지 않은 시점에서 서울은 다시 감독직이 공석이 되는 혼란을 겪었다.

　서울의 선택은 황보관 전 오이타트리니타 감독이었다. 자신이 은퇴

했던 구단에서 그는 각 레벨 지도자는 물론 테크니컬디렉터와 행정 요직까지 두루 거치며 다양한 경험을 쌓았다. 시스템이 완비 상태라고 판단한 구단은 풍부한 이론을 갖춘 황보관 신임 감독이 적임자라고 믿었다. 그러나 2011시즌 초반 서울은 급격히 흔들렸다. 개막 7경기에서 단 1승만을 올리며, 1승 3무 3패를 기록한 서울은 16개 팀 중에서 14위로 곤두박질쳤다. 디펜딩챔피언으로서는 도저히 받아들이기 어려운 상황이었기에 황보관 감독은 개막 6주 만에 사임하는 비운을 맞이했다. 아무도 예상하지 못했던 상황이었기에 구단은 시간이 필요했고, 당분간 최용수 감독 대행 체제로 팀을 운영하는 비상 체제에 돌입했다. 그런데 이게 뜻밖의 결과를 낳았다.

2011년 4월 30일(토) 17:00, 서울월드컵경기장

현대오일뱅크 K리그 2011시즌 경기 (관중 9,797명)

FC서울   2 (박용호 57', 고명진 81')

제주   1 (박현범 36')

서울 선발(최용수 감독대행): 김용대(GK), 최현태, 아디, 박용호, 현영민(이상 DF), 고요한, 하대성, 고명진, 몰리나(이상 MF), 제파로프, 데안(이상 FW)

제주 선발(박경훈 감독) 김호준(GK), 홍정호, 김인호, 김태민, 마철준(이상 DF), 박현범, 오승범, 이현호, 배기종(이상 MF), 김은중, 신영록(이상 FW)

"코칭스태프로 3~4년 정도 일했고, 홍보관 감독이 오면서 내가 '넘버2'가 되었다. 선수단 안에서 보스를 모시는 역할, 참모 역할을 2~3년 정도 배워야겠다고 생각했다. 나름대로 책임감을 느끼면서 2011시즌을 시작했다. 그런데 초반 성적이 나오지 않았다. 언젠가는 나도 감독에 도전하고 싶다는 생각만 어렴풋이 갖고 있었는데, 이게 갑자기 훅 들어온 거다. 솔직히 되게 불안했다. 한웅수 단장은 '새 감독을 섭외할 시간이 필요하다'라면서 일단 팀을 잘 챙겨보라고 얘기했다."

최용수, 당시 FC서울 감독 대행

"기억에 남는 경기 중 하나가 감독 대행을 맡아 처음 치렀던 2011년 제주전이었다. 4월 30일이었고 비가 내렸다. 그렇게 비를 맞았는데 비가 오는지도 모를 정도였다. 고명진이 결승골을 넣어 2-1로 경기를 뒤집었다. 시작이 반이라는 말이 있듯이 그날 경기가 내게는 정말 중요한 시작이었다. 감독으로서 내가 자신감을 가졌던 경기였다."

"나도 팀에 대한 로열티를 갖고 있기 때문에 빨리 위기를 헤쳐 나가자는 생각이 강했다. 새로운 감독이 들어오든 말든 일단 한 경기씩 소화해야 한다고 생각했다. 팀의 내부 정서를 추스를 필요도 있었다. FC서울씩이나 되는 구단에서 그 정도 연봉과 대우를 받을 정도라면, 기본적으로 선

수 본인들이 해야 할 부분도 있다. 내가 그런 걸 지적해주면서 선수들과 거리를 좁혀서 일단 위기를 극복하자고 했다. 선수들에게 내 생각을 전달했고, 서로 부족한 부분을 채워주면 다같이 행복 축구를 할 수 있다는 점을 강조했다. 바닥부터 다시 시작해야 한다고 말했다."

"나만의 축구 색깔을 입히기에는 시간이 짧았다. 우선 심적으로 편안함을 주고 싶었다. 당시 멤버들은 진짜 실력이 좋았기 때문이다. 내부를 안정화시키는 게 급선무였다. 나도 전술이다 뭐다 보고 들어서 알고는 있었지만, 그걸 제대로 실행하기에는 시간이 필요하다고 생각했다. 갑자기 확 들어갔다가 잘못되면 화를 부를 수 있다고 생각했다. FC서울은 K리그2, K리그3에서 만들어 올리는 팀이 아니다. 다들 어렸을 때부터 전국 탑을 찍었던 선수들이다. 자존심을 살살 건드려주는 게 효과적이다."

최용수, 당시 FC서울 감독 대행

비상 체제는 의외의 성과를 낳았다. 최용수 감독 대행은 첫 3경기에서 제주, 상주, 경남을 연달아 잡아내며 주어진 임무를 완벽하게 수행했다. 7월 9일 상주전부터 9월 24일 대전전까지 서울은 리그 10경기에서 9승 1패로 폭주했다. 순위는 어느새 3위까지 치솟았다. 전북과 포항이 워낙 견고한 승점 쌓기를 이어갔던 터라 서울은 최종 3위로 시즌을 마무리했지만, 시즌 초반 발생했던 대형 사고를 생각하면 선방했다는 표현이 아깝지 않았다. 초보였던 최용수는 구단 안팎에서 지지를 받으며 시즌 종료 후 정식 감독 계약에 성공했다. 최용수 감독은 자신이 준비된

리더임을 입증했다. 축구 선배인 박태하를 수석코치로 영입한 것이다. 당시만 해도 코칭스태프 영입은 흔치 않았다. 선배인 수석코치가 언제든 감독을 밀어낼 수 있다는 정치적 시선이 일상적이었기 때문이다.

"2011년 첫해를 해보면서 깨달았다. 축구 안에서 동시에 정말 많은 상황과 요소가 발생한다는 점이다. 감독은 상황에 대처할 줄 알아야 했다. 과감하게 들어가야 했는데 약간 머뭇거릴 때가 꽤 많았다. 교체 타이밍이 그랬다. 이 선수를 빼야 하는데 이전 경기에서 잘했던 기억 탓에 판단을 주저했던 적이 많았다. 내 옆에서 과감하게 직언해줄, 경험이 풍부한 사람이 필요하다고 판단했다. 2011시즌을 끝내고 이대로 내년에 갔다가는 진짜 폭탄 맞겠다 싶었다. 나보다 경험이 풍부하고 많은 경기를 경험해본 수석코치가 필요했다. 상황이 벌어질 때마다 얘기해줄 수 있는 역할로서 우리는 박태하 수석코치를 모셨다. 주변에서 반응도 매우 긍정적이었다. 그건 부끄러운 판단이 아니었다. 어차피 성적이 안 나오면 나도 떠나야 했다. 단지 FC서울이 K리그에서 최고 선구자가 됐으면 하는 바람이었다. 박태하 코치는 성품이 온화하다. 내 불 같은 성격을 옆에서 자제시켜줬다."

최용수, 당시 FC서울 감독

2012시즌을 앞두고 최용수 감독은 수비 안정에 초점을 맞췄다. 1월 이적시장에서 김진규(반포레 고후)와 김주영(경남)을 영입했다. 결과적으로 서울은 K리그 역대 최고 스쿼드를 완성했다. 최전방에는 전년도

득점왕(24골) 데얀이 골을 해결했고, 그 옆에는 아시아 무대 최고의 플레이메이커 마우리시오 몰리나가 있었다. 최태욱이 빠른 발로 측면을 허물었고, 여름에는 정조국과 에스쿠데로가 합류했다. 중원에는 고명진과 하대성, 한태유가 안정감과 창의력을 동시에 제공했다. 최용수 감독은 고요한을 오른쪽 풀백으로 고정했고, 반대편에는 언제나 믿음직한 아디가 있었다. 센터백에는 김진규와 김주영, 김동우가 단단한 방어벽을 세웠고, 골문은 김용대가 버텼다.

153

"최용수 감독이 원래 코치였는데, 감독이 되니까 또 다른 면이 나오더라. 편하게 할 때는 편하게 하고, 나름의 카리스마도 있어서 선수단을 휘어잡는 능력도 있었다. 나는 유럽에서 시즌이 끝나고 한 달 정도 쉬다가 왔으니까 컨디션이 안 좋았다. 올라오려면 시간이 좀 걸리는데, 그때 최용수 감독과 서로 투닥투닥 했다. 그래도 마무리는 좋았다. 우승도 하고, 내가 우승을 확정하는 골도 넣었다. 그렇게 하고 나서 군대에 갔다."

정조국, 당시 | FC서울 공격수

최용수 1기 스쿼드는 포지션별 경쟁력은 물론 공격, 중원, 수비 라인마다 연계, 밸런스 모두 최상급으로 유지되었다. 2016년까지 서울은 차두리, 오스마르, 고광민, 이웅희, 박용우, 윤일록, 아드리아노, 다카하기, 주세종 등을 영입해 뛰어난 스쿼드 연속성을 선보였다. 최용수라는 강한 리더십이 안정적으로 팀을 이끌었던 덕분에 구단도 임시변통이 아니라 전력을 다음으로 이어갈 수 있는 팀빌딩이 가능했다. 구단 내에서 각 부문이 효율적으로 운영되었던 기간으로 지금까지 높은 평가를 받는다.

"2011년 (최)효진이 형이 군대를 가면서 내가 사이드백을 보기 시작했다. 주위에서 에이전트나 지도자들이 나는 키도 그렇고 내려와서 하면 더 잘할 수도 있을 것 같다고 말해줘서 한번 도전해봤다. 감독이 기회를 주니까 선수는 당연히 뛰는 거다. 그때 팀에는 좋은 선수가 정말 많았다. (하)대성이 형, 고명진, 제파로프, 다카하기 등 멤버가 진짜 좋았다. 당시는 무서울 게 없었다. 경기에 나가면 늘 이길 것 같았고, 실제로 거의 다

이겼다."

"우리는 최다 승점으로 우승했다. 팀 니에서 우승을 확정하면 어떤 셀러
브레이션을 할지 아이디어를 모았는데, 그중에 나온 것이 팬들과 함께
사진 찍기였다. 제주전에서 우승을 확정하고 나서 팬들과 함께 사진을
찍었고, 그걸 다른 구단들도 따라하면서 K리그의 문화로 자리잡았다.
이때 최고의 경기가 많았다. '데몰리션'이 워낙 강력했던 덕분에 다들

이름값 있는 선수들이라도 뒤에서 수비를 정말 열심히 해줬다. 앞으로 볼을 연결해주면 둘이 결정해주니까 우리는 뒤에서 열심히 수비에 집중했다."

고요한, 당시 FC서울 풀백, 미드필더

2012년 8월 11일(토) 19:00, 탄천종합운동장

현대오일뱅크 K리그 2012시즌 경기 (관중 3,819명)

성남　2 (하밀 57', 윤빛가람 69')

FC서울　3 (데얀 13', 몰리나 88', 데얀 90+3')

성남 선발(신태용 감독): 정산(GK), 황재원, 임종은, 박진포, 남궁웅(이상 DF), 하밀, 김성준, 김평래, 레이나(이상 MF), 에벨톤, 자엘(이상 FW)

서울 선발(최용수 감독) 김용대(GK), 아디, 김진규, 김주영, 고요한(이상 DF), 한태유, 하대성, 고명진, 최태욱(이상 MF), 몰리나, 데얀(이상 FW)

"나의 FC서울 초창기 경기 중에서 기억에 남는 건 2012년 막판 성남 원정이었다. 내가 응원하는 셰필드웬즈데이는 기회를 잡았다가도 항상 끝에 가서 망하는 징크스가 있다. 그때 서울도 리그 우승 가능성이 있어 보였는데, 나는 웬즈데이를 오래 봐왔기 때문에 서울도 막판에 망할 줄 알았다. 그런데 성남 원정에서 막판에 몰리나, 후반 추가시간에 데얀이 골을 넣어 3-2로 이겼다. 그때부터 진짜 리그에서 우승할 수 있겠다는 믿음이 생기기 시작했다."

폴 카버, FC서울 팬

"'위치가 사람을 만든다'라는 말이 있다. 최용수 감독이 과거 코치 시절에는 숙소에 와서 어린 선수들에게 간식 사먹으라면서 신용카드를 주고 갔다. 감독이 되고 나서는 달라졌다. 언젠가 경기 끝나고 숙소로 돌아왔는데 밤에 배가 고팠다. 우리끼리 컵라면을 먹으려는데 최용수 감독에게 딱 걸려서 벌금을 냈다. 당연한 얘기일 수 있지만, 사람이 약간 변하더라, 하하. 감독이라는 직책에서는 선수들을 관리하고 책임도 져야 하니까 좀 더 엄격하게 팀을 잡아갔던 것 같다."

고요한, 당시 FC서울 풀백, 미드필더

2012시즌 K리그는 리그컵 폐지 등 운영 방식이 바뀌면서 팀당 경기 수가 무려 44경기로 늘었다. 서울은 전북, 수원과 치열하게 선두권을 경쟁하다가 8월 22일 전남 원정부터 리그 5연승으로 독주 체제를 굳혔다. 전방에서 데얀과 몰리나의 공격력이 불을 뿜었다. 데얀은 39라운드 전남전에서 2골을 터트려 리그 역사상 최초로 단일 시즌 30골 고지를 밟았다. 곁에 있던 몰리나는 18골 19도움이라는 '괴물' 스탯을 찍었다. 2012시즌 서울은 각종 리그 기록을 갈아치우면서 절대 강자로서 최정점에 도달했다. 해당 시즌의 팀당 경기 수가 이례적으로 많았기에 서울이 작성했던 2012시즌의 각종 기록이 앞으로 깨질 가능성은 매우 낮아

보인다. 최용수 감독이 선발 라인업에 큰 변화를 주지 않아 '선수들을 갈았다'라는 비판이라든가 슈퍼매치 열세(1무 3패) 등 다소 아쉬운 부분도 있었다. 하지만 전체적인 내용과 결과 면에서 2012시즌 FC서울은 무결점에 가까웠다. 당시 유행했던 '무공해 축구'(무조건 공격 + 페어플레이)라는 찬사는 포장이 아니라 '팩트'였다.

"데안은 K리그 최고의 스트라이커였고, 몰리나는 경기 흐름을 바꾸는

2012시즌 FC서울 주요 기록

현대오일뱅크 K리그 2012시즌 우승

(승점 96점, 44전 29승 9무 6패 76득점 42실점)

96점: 역대 단일 시즌 최다 승점 기록

29승: 역대 단일 시즌 최다 승리 기록

최용수: K리그 감독상(코칭스태프: 최용수 감독, 박태하 수석코치, 김성재 코치, 칸노 아츠시 피지컬코치, 레안드로 GK코치)

데얀: 득점왕(31골). 단일 시즌 역대 최다득점 / K리그 MVP

몰리나: 도움왕(19개). 단일 시즌 역대 최다도움 / 공격포인트 1위(37개, 단일 시즌 역대 최다)

김용대: K리그 전경기출장상

구단: K리그 풀스타디움상 (총 관중 396,871명, 평균 관중 20,888명)

능력이 있었다. 두 선수가 있었던 덕분에 우리가 하고자 했던 축구를 할수 있었다고 생각한다. 둘이 보여준 퍼포먼스를 통해서 국내 선수들도 자극을 받았던 것 같다. 솔직히 운도 많이 따랐다. 그때 경기들을 보면 '극장골'이 되게 많았다. 오늘은 1점에 만족해야 하는구나 싶다가도 그런 '극장골'이 들어갔다. 뭔가 한반도의 기운이 전부 우리에게 쏠리는 것 같았다."

"사람들이 2012시즌을 말할 때 로테이션 이야기가 빠지지 않는다. 솔직히 욕심이 많이 들어갔다. 하지만 일장일단이 있다고 생각한다. 선수는 경기를 통해서 체력을 회복할 수 있다고 말하기도 한다. 체력은 기본 중 기본이다. 하물며 도둑도 담 넘을 정도의 점프력과 도망갈 때의 스프린트 능력이 필요하지 않겠나. 많은 경기를 소화하면서 내가 선수들의 로테이션에 좀 인색했다는 점은 인정하지만, 계속 이기니까 실제로 선수들도 계속 더 뛰고 싶어했다."

최용수, 당시 FC서울 감독

"FC서울에서 최고의 스타를 딱 한 명만 뽑으라고 하면 최용수일 것 같다. LG치타스 시절에 신인상을 받았고, 득점왕도 했고, 우승도 했다. 코치로서도, 감독으로서도 우승했다. 좋았던 모든 시절에서 항상 간판 스타가 최용수였다. 구단 자체를 대표하는 인물로서는 최용수가 박주영보다 더 적합하다고 생각한다. 감독으로서 보여줬던 축구가 약간 '노잼'이긴 했다. 하지만, 어쨌든 이겼다. 선수들을 장악하는 리더십도 최고였다. 요즘 같아서는 '노잼'이라도 좀 이겼으면 좋겠다. 항상 귀네슈 축구 이야기하면서 최용수 축구는 재미없다고 막 비판도 하고 그랬는데, 시간이 지나고 보니까 최용수 감독 있었을 때가 '선녀'였다."

이재성, FC서울 팬

　　팀이 완성된 서울의 기세는 아시아로 나아갔다. 중국이 천문학적인 돈을 쏟아붓기 시작했던 시기였음에도 불구하고 서울은 아시아 톱클래

스 구단들이 격돌하는 AFC 챔피언스리그에서 뚜렷한 족적을 남겼다. 아
시아에서 챔피언스리그는 단순한 '보너스 대회'가 아니다. 구단의 국제
적 위상을 확립할 수 있는 동시에 선수들에게도 엄청난 동기부여가 되
었다. 자신들의 몸값을 확실하게 올릴 수 있는 가장 확실한 대회였기 때
문이다. 구단으로서도 챔피언스리그 활약은 선수 이적시장에서 유리한
고지를 선점하는 기회가 되었다. 타국의 엘리트 재능들을 직접 확인할

161

FC서울 때문에 산다

수 있을 뿐 아니라 선수를 영입할 때도 챔피언스리그 구단이라는 계급이 효과적으로 먹혔다.

2013시즌 대회에서 서울은 E조 1위로 16강에 올랐다. 당장 중국 슈퍼리그의 베이징궈안과 만났지만, 홈 2차전을 3-1로 잡아내면서 8강행이 이어졌다. 서울은 8강에서 사우디 강호 알아흘리를 합산 2-1로 제쳤고, 준결승전에서는 이란 최강 에스테그랄을 합산 4-2로 제압했다. 역사적 챔피언스리그 결승전 상대는 '아시아의 깡패' 광저우헝다였다. 중국 부동산 기업 헝다 그룹은 축구단에 그야말로 미친 듯이 돈을 퍼붓고 있었다.

FIFA월드컵과 UEFA챔피언스리그를 제패한 세계적 명장 마르셀로 리피가 지휘봉을 잡았다는 사실 자체가 세간의 화제였다. 브라질 세리에A 최우수선수로 뽑혔던 다리오 콘카(아르헨티나), 보타포구의 간판 골잡이 엘케손(브라질), 유럽에서 뛰어야 할 것 같은 무리키(브라질) 등이 공격을 이끌었다. 나머지 포지션은 프리미어리그 경력자 정쯔(주장)를 비롯해 죄다 중국 국가대표 선수들로 채워졌다. K리그를 경험한 펑샤오팅과 황보원도 있었다. 대한민국 국가대표 김영권도 이 시기 주전 센터백으로 활약했다.

홈에서 1차전이 먼저 열렸다. 구단 창단 이래 가장 중요한 경기였다. 그런데 여기서 어이없는 해프닝이 벌어졌다. 서울월드컵경기장으로 향하는 선수단 버스가 극심한 교통 체증에 갇혀 킥오프 40분 전에야 간신히 도착한 것이다. 현장 분위기를 익히기는커녕 선수들은 버스 안 좁은 공간에서 워밍업을 하는 해프닝이 벌어졌다.

2013년 10월 26일(토) 19:30, 서울월드컵경기장

AFC챔피언스리그 결승전 1차전 경기 (관중 55,501명)

FC서울   2 (에스쿠데로 11', 데얀 83')

광저우헝다   2 (엘케손 30', 가오린 58')

서울 선발(최용수 감독): 김용대(GK), 최효진, 김주영, 김진규, 아디(이상 DF), 고요한, 하대성, 고명진, 몰리나(이상 MF), 에스쿠데로, 데얀(이상 FW)

광저우 선발(마르첼로 리피 감독): 정청(GK), 장린펑, 펑샤오팅, 김영권, 순시앙(이상 DF), 정쯔, 무리끼, 다리오 콘카, 황보원(이상 MF), 가오린, 엘케손(이상 FW)

"나름 생각해서 이쪽 저쪽으로 길을 찾아서 강변북로가 아니라 내부순환로로 왔는데 길이 너무 막혔다. 조금만 더 늦었다면 몰수패 당했을지도 모른다. 나는 이렇게 중요한 경기를 앞두고 이렇게 황당한 일이 생기니까 정말 너무 억울했다. 혼자 '큰일났네, 큰일났네'라고 하는데, 오히려 선수들이 '경기 진행할 수 있으니까 너무 걱정하지 마세요'라면서 나를 달랬다. 버스 안에서 테이핑하고 난리도 아녔다. 경기장에 도착하자마자 선수들이 전부 그라운드로 뛰어나가기 바빴다. 나중에 (김)영권이한테 들어보니까 광저우 선수들은 그런 모습을 보면서 '서울은 뭔가 비밀스러운 준비를 했나 보다'라고 생각했더란다, 하하."

"1차전을 2-2로 비겼는데 우리가 약간 5% 정도 밀린다는 느낌을 받았다. 우리에게도 데얀과 몰리나가 있었지만, 그때 광저우의 엘케손, 콘카, 무리키의 기량은 감탄할 정도로 뛰어났다. 거기에 중국인 선수들도 '역대급'으로 보유하고 있었다. 1차전에서 기억에 남는 건, 우리 서울 팬들이 만들었던 장관이었다. 트로피를 엄청나게 크게 그린 티포를 올렸고, 카드섹션도 화려했다. 너무나 아름다운 장관이었다. A매치도 아닌데 상암에서 그런 분위기와 유대감을 조성할 수 있는 팬들은 K리그에 없다. FC서울밖에 없다."

최용수, 당시 FC서울 감독

체급이 다른 광저우헝다를 상대로 최용수 감독은 홈 1차전 승리를 우승 필수 조건으로 삼았다. 광저우 원정에서 승산이 적다는 건 누구나 아는 사실이었다. 하지만 1차전에서 서울은 2% 부족했다. 막판 데얀이 결정적 득점 기회를 살리지 못한 채 서울은 아쉬운 2-2 무승부로 1차전을 마무리했다. 2주 후, 광저우 텐허스타디움에서 2차전이 열렸다. 현장 분위기는 예상했던 것보다 훨씬 적대적이었다. 5만 중국 팬들은 함성과 열기만으로 서울 팬들의 기를 꺾었다.

"외국인이라서 금요일에 홍콩에 가서 비자를 받고 1박을 했다. 토요일 아침에 기차를 세 시간 넘게 타고 광저우까지 갔다. 일요일에 다시 홍콩까지 내려가서 1박 더 하고, 월요일 밤에 서울로 돌아왔다. 광저우 결승전은 가기 전에 약간 걱정을 했다. FC서울 유니폼 입고 경기장 바깥에서

돌아다니지 말라는 소리를 들었다. 나는 그냥 무시하고 돌아다녔는데 다행히 분위기는 괜찮았다. 결과가 많이 속상했지만. 지지 않았는데 지고 돌아왔다. 무엇보다 이제는 그때 그 팀이 없다. 10년 전 FC서울 그 팀은 정말 밝게 빛나면서 폭발했는데.”

폴 카버, FC서울 팬

　1차전에 이어 데얀이 2차전에서도 골을 작렬했다. 그러나 거기까지였다. 원정 2차전에서 서울은 광저우와 1-1로 비겼다. 합산 스코어가 3-3이 되었지만, 원정에서 2골을 넣은 광저우헝다가 아시아 챔피언 트로피를 차지했다. 서울은 체급적 열세에도 불구하고 광저우와 두 번 싸워 모두 패하지 않았을 정도로 분투했다. 잘 싸웠기에 2013년 AFC 챔피언스리그 우승 실패가 더 아쉬웠다.

"그렇게 기분 나쁜 준우승은 처음이었다. 허무했다. '두 경기 모두 지지 않았는데 왜 우리가 준우승이지?'라는 의문이 컸다. 2차전에서 연장전이라도 갔다면 우리가 분명히 이길 수도 있었는데 너무 아쉬웠다. 지금도 그 결승전을 곱씹으며 되뇐다. 은퇴하기 전에 '아챔'에서 꼭 우승해보고 싶었다. 그 이후로 성적이 나빠지니까 더 '그때 우승했어야 했다'라는 생각이 커지더라. 최선을 다했고 멤버도 정말 좋았는데… 그 생각을 하면 아직도 속이 쓰리다."

고요한, 당시 FC서울 풀백, 미드필더

"후유증이 꽤 오래 갔다. 지도자 경력에서 이렇게 멋지고 훌륭한 경기, 이렇게 주목받는 경기를 과연 언제 또 해볼 수 있을까 하는 생각이 들었다. 우리 서울 팬들에게 트로피를 남겨주고 구단의 위상을 높이고 싶었는데, 좀 뭔가 안 되더라. 당시 팀은 공수 모두 좋았다. 각 포지션에 정말 뛰어난 선수들이 있었다. 전방에 탁월한 득점력을 가진 데얀과 몰리나, 또 공수 허리를 좀 받쳐주는 국내 선수들도 거의 대표급이었다. 당시 구단에서 영입도 잘했다. 뭐랄까 한번 해보자고 하는 방향을 잡고서 좋은 선수들, 내가 원하는 선수들을 영입해줬다. 내가 코치 때부터 한 명씩 영입했던 선수들이 그 시점에서 빵 터졌다. 조직력도 상당히 좋아졌고, 쉽게 지지 않겠다는 선수들의 자존심도 있었다. 벤치에 있는 선수들도 경쟁력이 좋았다. 그래서 1차전 결과가 더 아쉽지만, 우리는 참 좋은 경기를 했다고 생각한다. 우리 선수들이 꽤게 자랑스러웠다. 준우승이 확정된 뒤에 라커룸에서 나는 선수들을 칭찬하고 격려해줬다. 우리는 최선을 다했고, 정말 한 끗 차이였으니까."

최용수, 당시 FC서울 감독

2013시즌이 끝나고 서울은 부리람전을 통해서 역량을 확인하고 추후 영입대상으로 낙점했던 오스마르와 계약했다. 스페인 출신의 오스마르는 센터백과 수비형 미드필더 포지션을 겸비할 수 있어 효용성이 높았다. 최용수 당시 감독은 "경기력도 인정했지만 경기에 앞서서 팀 전체를 동그랗게 세우고 동료들에게 열정적으로 소리를 치더라. 외국인 선수인데도 저런 리더십을 보여줄 수 있구나 하는 생각이 들었다"라고 회상한다. 챔피언스리그를 통해서 높아진 서울의 구단 위상도 오스마르를 영입할 수 있었던 원동력이었다.

"시즌을 마치고 내가 큰 관심을 받았다. ACL에서 상대했던 팀들 중에서 나는 FC서울이 가장 마음에 들었다. 그때 서울은 정말 좋은 축구를 구사했다. 조별리그 원정 경기에서 서울 선수단이 버스에서 내려 라커룸으로 향하는 모습을 봤는데, 정말 근사한 프로페셔널들 같았다. 그 시즌에 서울은 결승전에 진출했고, 나는 사랑에 빠져버렸다. 나는 에이전트에게 '저 팀에 가고 싶다'라고 말했다."

169

"에이전트는 'FC서울은 어렵다. 태국 리그에서는 K리그로 거의 못 간다. FC서울은 챔피언스리그 결승전에 나간 팀이다. K리그로 가려면 우선 전남드래곤즈 같은 작은 팀부터 생각해야 한다'라고 말했다. 나는 '거절당해도 좋으니까 일단 FC서울을 알아봐달라. 나는 꼭 FC서울에서 뛰고 싶다'라고 요청했다. 한동안 얘기가 없었고, 그렇게 2013년 12월이 됐다. 에이전트가 'FC서울 쪽에 연결되는 친구를 한 명 찾았다'라고 문자를 보냈다. 나는 '계약 조건 같은 거 아무 상관없으니까 무조건 가게만 해달라'라고 얘기했다. 협상은 일사천리로 진행됐다."

"선수단 상견례 자리가 기억난다. 앞에 나와서 선수들에게 첫 인사를 하라고 했다. 그때 나는 트레이닝재킷을 입고 있었는데 지퍼를 전부 푼 상태였다. 편안한 모습으로 보이려고 양손은 바지 주머니에 꽂은 상태로 자기 소개를 했다. 최용수 감독이 나를 가리키며 뭐라고 말하자 다들 웃었다. 통역 친구가 와서 "옷 여미고 차렷 자세. 손은 주머니에서 빼라"라고 작은 목소리로 알려줬다. 한국의 매너를 전혀 몰랐던 탓에 나는 당황했고, 동료들이 그런 나를 보면서 웃었다. 첫날부터 좋은 교훈을 얻으면서 출발했다, 하하."

오스마르, 당시 FC서울 미드필더

그 시기는 서울이 매 시즌 당연하게 챔피언스리그에 출전했던 시절이었다. 잊을 수 없는 명승부도 많았고, 엉뚱한 에피소드도 많았다. 팀을 따라 서울 팬들도 아시아 곳곳을 누비면서 다양한 경험을 할 수 있었다.

FC서울 때문에 산다

여전히 한겨울인 2월에 시작되는 시즌 개막 덕분에 폴 카버 씨는 "하노이전에 갔는데 날씨가 너무 추워서 맥주가 얼어 있었던 적이 있다"라며 웃는다. 2014년 준결승전에서 서울은 호주 강호 웨스턴시드니와 맞붙었다. 홈 & 어웨이 2경기에서 고요한은 간담이 서늘한 경험을 해야 했다.

2014년 10월 1일(수) 20:30, 패러마타스타디움(시드니)

2014 AFC챔피언스리그 4강 2차전 경기 (관중 18,896명)

웨스턴시드니   2 (폴락 3', 콜 64')

FC서울   0

NEWS & ISSUE: 합산 스코어 0-2로 서울 패배. 주전 고요한 벤치 잔류. 서울을 꺾고 결승전에 진출한 웨스턴시드니는 알힐랄을 합산스코어 1-0으로 꺾고 우승 차지.

"챔피언스리그 16강전부터 비즈니스를 탔다. 비행 시간도 길고 중간에 배가 고파져서 다들 라면을 주문했다. 제일 앞에 최용수 감독이 앉았고, 선수단 중에는 (김)치우 형과 내가 제일 앞자리였다. 감독이 뒤돌아보면 우리가 딱 보이는 배열이었다. 내가 제일 앞자리라서 라면도 제일 먼저 나왔다. 한 젓가락을 딱 뜨려고 하는데 옆에서 치우 형이 나를 막 쳤다.

그러더니 고갯짓을 했다. 앞을 봤더니 최용수 감독이 나를 딱 처다보고 있었다. 그리곤 '이 새끼가 어디 놀러 가나?'라면서 화를 냈고, 그때부터 비상이 걸렸다. 내 뒤에 있던 코치들이 앞으로 가서 승무원들에게 '여기 라면 주문한 거 전부 취소해달라'라고 하고 난리였다."

"시드니 공항에서 내리자마자 최용수 감독이 팀 매니저를 불러서 '저 새끼, 지금 여기서 한국으로 돌려보내라'라며 화를 냈다. 그때 내가 주전이었다. 일단 호텔로 함께 이동했다 조심스레 감독 방문을 노크했다. 문이 열리더니 '가라! 니 말고 뛸 사람 많다! 라면을 처먹어?'라는 고함이 날아왔고 다시 문이 쾅 닫혔다. 밖에서 계속 기다렸다. 문이 다시 열렸다. 감독은 '지금 한국에서 세 명 준비하고 있다. 가라'라고 말하는데, 그때 두리 형과 비디오 분석관이 감독과 미팅하러 왔다. 두리 형이 '내려가 있어라'라며 눈짓을 보냈다."

"그날 오후 훈련이 다 끝나고 최용수 감독이 선수들을 다 모아놓고 마무리 이야기를 했다. 멀리 왔으니까 저녁 잘 챙겨 먹고, 산책도 하고, 커피도 한 잔씩 마시고 등등 얘기를 했다. 그런데 갑자기 몰리나가 '요한! 맥도날드 가자! 너 아까 라면 못 먹었잖아? 맥도날드 가자'라면서 농담을 했다. 웃자고 했던 말인데 감독 표정이 또 어두워졌다. 그날 경기에서 나는 정말 뛰지 못했다."

고요한, FC서울 풀백, 미드필더

2015년 가시마앤틀러스 원정은 흔치 않은 '사고'로 기억된다. 챔피언스리그 H조 경기에서 서울은 경기 막판까지 한 골 뒤진 상태로 후반 추가시간에 돌입했다. 16강에 진출하려면 서울은 반드시 이겨야 했다. 후반 추가 1분, 몰리나가 3-2 '극장' 역전골을 터트렸다. 2만 가까운 관중이 찾은 경기장에서 한줌밖에 되지 않던 서울 원정 팬들의 환호성만 들릴 뿐이었다. 그런데 한국에서 생중계를 지켜봤던 국내 팬들은 이 사실을 알 수가 없었다. 경기 막판에 기술 문제로 인해 그 순간 생중계가 잠시 끊겼기 때문이다.

"TV 중계가 끊겼던 경기였다. 그래서 기억에 제일 많이 남는 서울 경기 중 하나인 것 같다. 유튜브에서 하이라이트 중계 영상을 봐도 그때 중계진이 막판에 어떤 상황인지를 모르고 있다. 그 골을 실시간으로 본 서울 팬이 현장에 있던 우리밖에 없는 셈이었다."

폴 카버, FC서울 팬

2015년 5월 5일(화) 20:00, 가시마사커스타디움

2015 AFC챔피언스리그 H조 6차전 경기 (관중 19,233명)

가시마　2 (아카사키 8', 시바사키 79')

FC서울　3 (이웅희 36', 오스마르 51', 몰리나 90+1')

NEWS & ISSUE: 승점 6점 동률 팀들간의 맞대결에서 서울이 승리해 조 2위로 16강 진출. 경기 막판 2-2 동점 상황에서 위성 신호가 끊겼고, 경기가 종료된 후 화면이 돌아옴. 국내 중계진은 2-2 무승부로 경기가 끝났다고 착각했으나, 경기 종료 후에 위성이 잠시 끊겼던 동안 몰라나의 결승골이 터진 것을 인지.

가장 극적인 명승부는 2016년 16강 홈 2차전 경기였다. 상대는 일본 J리그 최고의 인기 구단인 우라와레드다이아몬즈였다. 원정에서 먼저 치러진 1차전에서 서울은 0-1로 파한 상태였다. 홈에서 반드시 승부를 뒤집어야 했다. 서울은 홈 팬들의 기운을 받아 우라와를 압박했다. 그러나 상대도 탄탄한 전력을 지닌 강호였다. 축구 팬들 사이에서는 고요한의 '때리지마 슛'으로 기억되는 명승부가 바로 이날 탄생했다.

2016년 5월 25일(수) 19:30, 서울월드컵경기장

2016 AFC챔피언스리그 16강 2차전 끝기 (관중 14,173명)

FC서울　3 (데얀 29', 아드리아노 94', 고요한 120+1')

우라와　2 (리 타다나리 112', 115')

* 합산 스코어 3-3 / 승부차기 7-6 승리

"그 시절에는 '극장골'이 정말 많았다. 2016년 우라와전도 진짜 재미있었다. 연장전 막판에 두 골을 먹어서 상당히 불리했다. 그때 (고)요한이가 골을 넣었고, 승부차기도 재미있었다. 나중에는 찰 사람이 없어서 고광민, 김동우처럼 킥을 제대로 찰 줄도 모르는 놈들까지 다 나가야 했다, 하하. 그런데 그 친구들이 다 페널티킥을 성공시켰다. 요한이가 그 골을 터트렸을 때는 정말 감정 조절이 안됐다. 만약 그게 안 들어갔으면 우리는 그냥 무너졌다. 하여튼 그 경기 정말 재미있었다."

최용수, 당시 FC서울 감독

"나는 그게 마지막 공격 찬스인지도 몰랐다. 오로지 경기에만 집중했던 상태였다. 만약 집중하지 못했거나 시간이 몇 초밖에 없다는 사실을 알

왔다면 아마 크로스를 올렸을 거다. 그때 연장까지 120분을 뛰고도 이
상하게 에너지가 넘쳤다. 하필 또 그 볼이 나한테 왔다. 오스마르가 내게
연결했고, 그걸 탁탁 쳤더니 또 한 명이 벗겨졌다. 그냥 '아, 이건 때려야

겠다'라는 느낌이 들었다. 슛을 했고 골이 들어간 다음에 상황을 딱 보니까 진짜 경기가 바로 끝나더라. 만약에 그걸 못 넣었다면 어땠을까? 감독한테 어떤 욕을 먹었을까? 팬들은 어떤 비난 댓글을 남겼을까? 다행히 골이 들어갔고 결과적으로 내 인생 최고의 경기가 되었다."

고요한, 당시 FC서울 풀백, 미드필더

그로부터 한 달 뒤, 최용수 1기는 막을 내렸다. 아시아 무대에서의 맹활약을 눈여겨봤던 중국 자본이 그를 데려갔기 때문이다. 최용수 감독과 함께 거대한 꿈을 꿨던 오스마르는 그의 중국행이 너무나 아쉬울 뿐이었다. 서울 입단 2년 만에 오스마르는 구단 역사상 첫 외국인 주장으로 선임되었다. 최용수 감독은 오스마르를 믿고 백3 시스템 전환을 시도했을 정도로 신뢰가 컸다. 리그 선두권 경쟁과 챔피언스리그 출전은 기본이었고, FA컵(현 코리아컵)에 3년 연속 결승전에 출전했을 정도로 서울은 토너먼트에도 강한 면모를 뽐냈다. 2016년 구단 역대 최다 득점자인 데얀이 중국에서 돌아왔던 시즌이었기에 아쉬움이 더 컸다.

"2013년 결승전이 끝난 뒤에 내게도 영입 제안이 많이 왔다. 지금도 기억나는 오퍼는 장쑤였는데 독소 조항이 많아서 그때는 내가 거절했다. 그 이후로도 장쑤는 계속 내게 관심을 보였고, 이야기를 하면서 처음에 문제가 됐던 조항들이 많이 빠졌다. FC서울 팬들에게 불필요한 오해도 받기 싫었다. 물론 당시 중국 축구 시장은 엄청나게 많은 투자가 이뤄지고 있었다. 세계적 명장들도 있어서 나도 한번 도전해보고 싶다는 욕구

가 강했다. 중국에 실제로 가보니까 지도자와 선수 수준이 정말 좋았다. 무엇보다 경기장 분위기가 정말 좋았다. 관중도 정말 많았다.

최용수, 당시 FC서울 감독

"타임머신이 있다면, 2016년으로 돌아가서 최용수 감독에게 제발 떠나지 말라고 말하고 싶다. 이 팀은 향후 3~4년 동안 K리그 역사에 남을 만한 최고의 팀이 되어 K리그, 챔피언스리그, FA컵 모두 따낼 거니까 제발 가지 말라고 말해주고 싶다. 그렇게 하면 나중에 훨씬 큰돈을 벌 수 있으니까 지금 최고의 팀을 제발 떠나지 말라고 말이다. 고요한, 이웅희, 주세종, 신진호, 고광민 등 한국 멤버도 완벽한 연령대였다. 최용수 감독, 외국인 선수들, 한국인 선수들이 함께 2년, 3년 더 뛰었다면, 나는 이 팀이 K리그 역사상 최고의 팀이 될 수 있었다고 확신한다. 함께 뛰면서 서로 더 잘 알게 되고 더 친해지면서 많은 경험을 쌓았다면 이 팀은 한국 축구판을 최소한 5년 동안 지배할 수 있었다."

오스마르, 당시 FC서울 미드필더

2010년부터 2016년까지 7시즌 동안 서울은 리그에서 두 번 우승했고, FA컵에서는 3시즌 연속 결승전 무대에 섰다. 아시아 최고 권위 대회인 AFC챔피언스리그에서는 결승 1회, 4강 2회, 16강 1회라는 커다랗고 뚜렷한 발자국을 남겼다. 2004년 상암 복귀와 박주영 신드롬으로 FC서울은 국내 최고 인기 구단으로 발돋움했다. 세뇰 귀네슈 3년은 'FC서울다운 축구'를 정의했다. 구단 문화의 정착과 최용수라는 강력한 리더십이 아우러진 시대에서 FC서울은 아시아에서 가장 매력적인 축구 브랜드로 올라섰다. 타이틀, 꾸준한 성적 국내 최대 팬덤에 국제적 인지도까지 더해졌던 말 그대로 최전성기, 프라임 타임이었다.

Chapter 6.
구덕

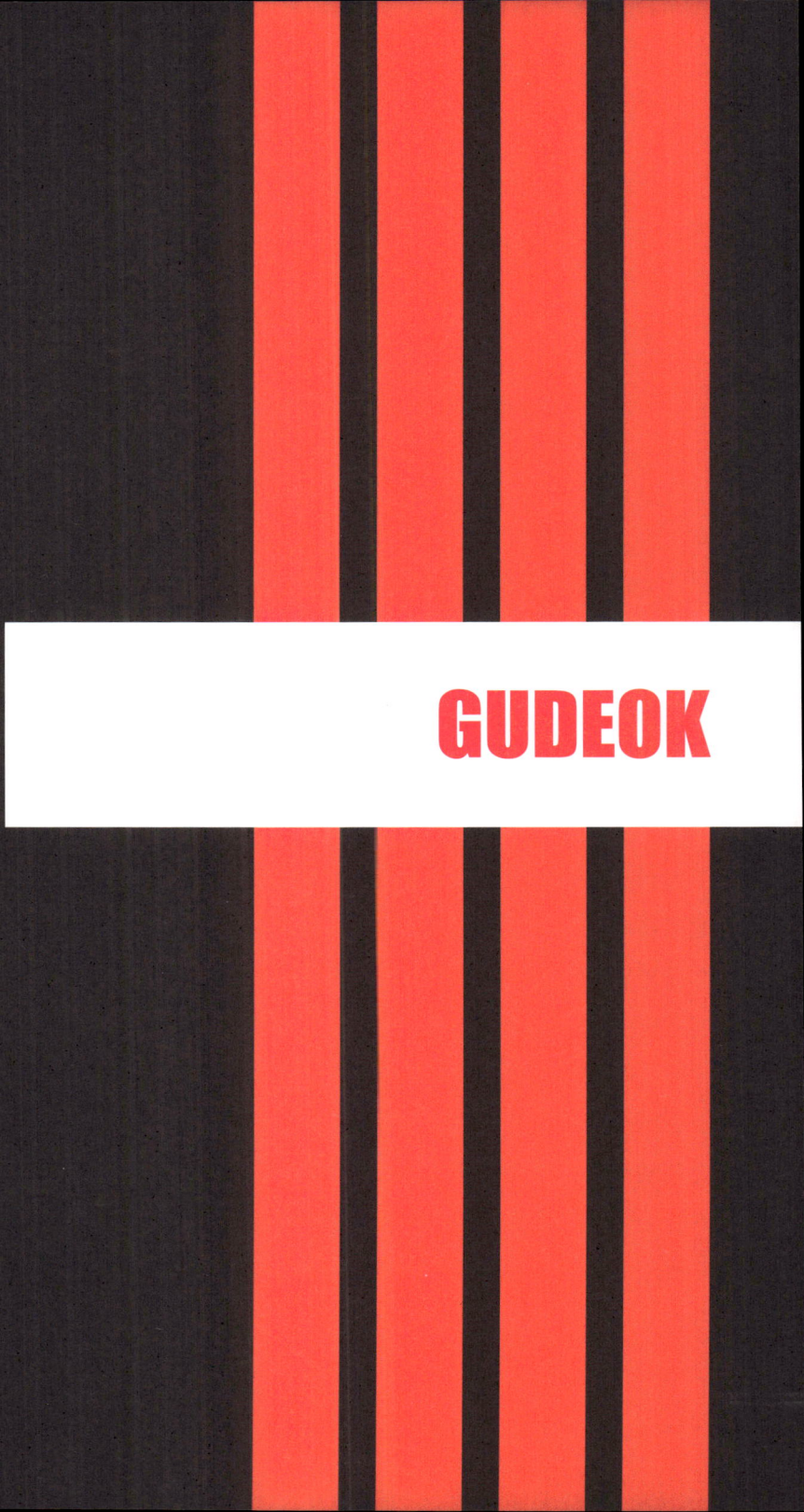

GUDEOK

2016 ~ 2023

축구에서 기억이라는 것은 보통 주관적이다. 어쩌면 편향적이기도 하다. 기록원과 기록지가 경기의 내용을 제대로 담지 못하는 대표적 종목이 바로 축구다. FC서울의 2016년이 딱 그랬다. 리그 통산 다섯 번째 별이 환하게 빛난다. 전주성을 무너트린 박주영의 골은 서울 팬들의 기억에 영원히 남을 만한 장면이었다. '아데박'은 K리그 역사에 남을 만큼 파괴적이었고 화려한 공격력을 선보였다. 그런데 정작 주인공들은 환희보다 아쉬움으로 그날들을 기억한다.

2016시즌 우승은 불완전하게 완성됐다. 9월 30일, 한국프로축구연맹 상벌위는 심판 매수 혐의가 드러난 전북현대에 승점 9점 삭감과 벌과금 1억 원의 중징계를 최종 결정했다. 32라운드를 기준으로 전북의 승점은 68점에서 59점으로 깎였다. 54점으로 리그 2위에 있던 서울과

차이는 하루 아침에 5점으로 줄었다. 잔여 6경기라면 서울로서도 충분히 역전 우승을 노릴 만한 상황이 펼쳐진 것이다. 아무리 단단한 전북이라고 해도 위축된 분위기가 주는 영향은 무거워 보였다. 승점 삭감 징계 이후 전북의 페이스는 2승 2무 1패로 이전과 달리 속도감을 내지 못하고 있었다.

그 사이 서울은 4승 1무로 내달리며 리그 선두와 승점 차이를 줄여 없앴다. 리그 최종전에서 승점 동률(67점) 상태인 전북과 서울이 맞붙

187

FC서울 때문에 산다

는 희대의 매치업이 성사되었다. 축구적 관점에서 당시 두 팀은 다른 K리그 클럽들에 비해 월등한 수준이었다. 당시 전북은 AFC챔피언스리그, 서울은 FA컵에서 각각 결승전에 진출한 상태였다. 전북은 골득실에서 크게 앞선 덕분에 홈에서 서울과 비기기만 해도 우승이 가능했지만, 서울은 승리 외에는 선택지가 없었다. 그리고 그 한 가지 경우의 수가 벌어졌다.

2016년 11월 6일(일) 15:00, 전주월드컵경기장

현대오일뱅크 K리그 클래식 2016시즌 경기 (관중 33,706명)

전북현대   0

FC서울   1 (박주영 58')

전북 선발(최강희 감독): 권순태(GK), 박원재, 조성환, 김형일, 최철순(이상 DF), 신형민, 이재성, 김보경, 레오나르도, 로페즈(이상 MF), 김신욱(FW)

서울 선발(황선홍 감독): 유현(GK), 곽태휘, 김남춘, 고요한, 고광민(이상 DF), 오스마르, 다카하기, 주세종, 데얀, 윤승원(이상 MF), 윤일록(FW)

RECORD: 2016시즌 K리그 우승 서울 승점 70점(골득실 +21) / 준우승 전북 승점 67점(골득실 +31)

"전반전이 끝나고 하프타임에 모든 사진 기자들이 다 전북 쪽으로 이동했다. 다들 전북이 우승한다고 생각한 것이다. 나는 어차피 서울만 찍을 거니까 혼자만 서울 쪽에 있었다. 혼자 있는데 박주영이 뭔가 해줄 것 같은 느낌이 들었다. 그런데 진짜 박주영이 그 '뭔가'를 해줬다. 골이 들어간 쪽이 서울 원정 서포터즈 앞에 있는 골대였다. 연맹 오피셜 포토그래퍼도 반대편에 있었고, 거기에 나 혼자 있었다. 진짜 심장이 터질 것 같다는 경험을 그때 했다. 흥분되거나 도파민이 터지는 경기는 꽤 많지만,

189

그때는 정말 심장이 터져서 죽을 것 같았다. 촬영한 사진을 전송해줘야 하는데 손이 떨려서 아무것도 누르지 못했다. 메모리카드를 빼서 노트북으로 옮기는 동작을 하는데 그게 영겁의 시간처럼 느껴졌다. 손이 너무 떨려서 터치도 제대로 못해서 계속 오류가 났다. 심장을 쥐어짜면서 뭔가 동작을 하는 게 너무 힘들었다."

강동희, FC서울 팬

"내 자리가 딱 골대 뒤였다. 볼이 이렇게 들어오면 내 자리가 그 궤적과 딱 일직선에 있었다. 볼이 오는 게 보였다. 권순태가 막지 못했다. 콜리더를 할 때는 거의 전광판을 보거나 사람들이 환호하면 돌아서 보거나 하는데 운 좋게 그 골은 내가 직접 봤다. 그때 진짜 미쳤다. 그 정도 미치면 진짜 눈에 뵈는 것도 없고 넘어선 안될 선도 넘을 것 같은 기분이 든다. 옷을 벗을 때도 있다. 요즘 흔히 말하는 도파민이다."

김주한, 수호신 회장

　　2016시즌 도중 서울 팬들은 최용수 시대와 작별을 고했다. 고별전에서 '서울의 영웅'이라는 플래카드가 걸렸을 정도로 그의 존재감은 절대적이었다. 하지만 구단은 재빨리 움직여 확실한 '위너' 황선홍 감독을 영입했고, 팬들 역시 K리그 우승 1회, FA컵 우승 2회라는 감독의 이력에 만족감을 표시했다. 시즌 도중에 부임한 감독과 팀은 초반 적응기를 거치면서 본궤도에 올랐고, 최종전에서 극적인 드라마를 쓰면서 우승에 골인했다. FA컵 결승전에서 10번 키커까지 가는 승부차기 혈투 끝에 라이벌 수원삼성에 패한 것이 아쉬웠지만, 리그 우승은 모두가 만족할 만한 시즌 최종 성적이었다. 문제는 그 내용이었다. 당시 주장이었던 오스마르는 역전 우승 드라마의 한복판에 있었다. 그런데 현장에서 그가 느낀 만족도는 우승이란 결과에 어울리지 않았다.

"결과는 좋았지만 경기 내용은 좋지 않았다. 그때 우리는 전북을 약간 두려워했던 것 같다. 전반기 내내 우리에겐 무서운 상대가 없었다. 상대가 울산이든, 전북이든, J리그의 히로시마든 누구든 상관없이 우리는 피치 위에서 누구라도 끝장낼 수 있다고 믿었는데, 최용수 감독이 떠나면서 그게 바뀌기 시작했다. 선수들의 레벨이 갑자기 떨어졌다. 마지막 경기에서 운이 따라줘서 이겼고 우승했지만, 그 경기에서도 우리는 잘하지 못했다. 딱 한 번 찾아온 기회에서 박주영이 엄청난 골을 터트렸지만, 우리는 우리의 스타일을 잃은 상태였다. 전북의 홈경기장에서 우승을 확정하는 건 정말 기분 좋았지만, 경기 후 피치에 남아 우승 세리머니를 할 때도 솔직히 그렇게 많이 신나지 않았다. 이미 팀의 개성이 망가지고 있었기 때문이다."

오스마르, 당시 FC서울 주장

외국인 주장의 느낌은 틀리지 않았다. 2017년 1월 동계훈련이 시작되었다. 시즌 도중 부임했던 황선홍 감독은 본격적으로 팀을 본인 스타일로 바꾸려고 했다. 지금껏 자신이 해왔던 성공이 있었기에 그는 FC서울도 '황선홍의 팀'으로 만들 수 있다고 믿었다. 가장 먼저 손을 댄 대상

은 기존의 공신들이었다. 주장 완장은 오스마르에서 곽태휘로 넘어갔다. 황선홍 감독의 눈에는 서울의 오랜 공신들이 특권을 누리고 있는 것으로 보였다.

데얀, 오스마르, 박주영, 3명의 핵심 모두 신임 감독으로서는 교체 주기가 지난 부품처럼 보였을지도 모른다. 하지만 그건 큰 오판이었다. 황선홍 감독 앞에 있는 베테랑들은 단순히 자리와 시간만 지킨 터줏대감이 아니었다. 그들은 창단 이래 가장 위대했던 시대를 만들었던 주인공들이었다. 레전드들의 존재감은 시간 축적의 산물이 아니라 투쟁과 헌신의 훈장이었다. 황선홍 감독은 그 사실을 특별하게 여기지 않았다. 서울이 어떻게 지금의 자리까지 왔는지 인정하고 존중하지 않는 것과 마찬가지였다.

"동계훈련 중에 데얀과 내가 황선홍 감독을 찾아가서 대화를 시도했다. 하지만 우리 의견은 항상 무시됐다. 몇몇 문제가 지나간 뒤로는 의사소통에서도 오해가 벌어졌다. 황선홍 감독은 우리를 탓했다. 친선전 서너 경기에서 모두 패했다. 내용도 정말 엉망이었다. 그러자 감독이 우리를 불렀다. 팀을 도와달라고 했다. 솔직히 이미 그때는 감독을 돕고 싶은 마음이 사라진 상태였다. 우리가 파악한 문제를 분명하게 알렸고, 2주 전에 해결방법을 찾으려고 만난 자리에서 감독은 우리가 잘못했다면서 심지어 페널티까지 줬다. 모든 미팅을 한국어로만 진행해서 우리는 무슨 일인지도 알 수 없었다. 그래서 왜 이런 식으로 하냐고 물었는데, 그 이유로 우리를 징계했다. 그러고는 지금 와서 어떻게 해야 할지를 알려달라고? 미안하지만 그건 불공평하다. 동계훈련이 끝난 시점부터 감독과 대화가 완전히 끊겼다. 그런 분위기에서 시즌이 개막했다. 동계훈련이 그랬는데 나머지 시즌이 어떨지는 뻔했다."

"우리는 동료들이라도 돕고 싶었지만, 그것 역시 힘들었다. 우리와 함께 있는 선수들이 팀 안에서 찍힐지 모를 분위기였기 때문이다. 동료들이 예전처럼 우리에게 편안하게 말을 걸거나 별다른 조언을 구하지 않았다. 새로운 코칭스태프는 데얀과 내가 평범하고 조용한 선수가 되기를 원했다. 우리는 평범한 선수가 아니다. 데얀은 데얀이다. 오스마르도 오스마르다. 이 팀에서 3년 넘게 뛰었고, 주장이었고, 리그와 FA컵에서 우승했다. 우리는 그저 그런 선수들이 아니다. 우리는 책임을 지는 선수들이었고 그런 일을 잘해냈다."

"황선홍 감독은 모든 선수가 공평해야 한다고 생각했다. 어린 선수가 실수를 저질렀다고 치자. 아무리 데얀이라도 그 친구를 혼내면 안된다는 것이다. 데얀이 소리를 쳤다고? 데얀, 너 아웃. 오스마르가 후배들에게 이래라저래라 얘기했다고? 오스마르, 너도 아웃. 전부 그런 식이었다. 데얀과 나는 우리 위치를 이기적으로 이용한 적이 없었다. 우리가 쌓은 명성과 존재감, 경험으로 팀의 승리를 돕고 있었을 뿐이다. 그런데 아무 것도 하지 못하게 했다. 그게 2017년 내게 벌어진 일이었다."

오스마르, 당시 FC서울 미드필더

서울의 중원에서 너무나 잘 뛰며 좋은 평가를 받았던 다카하기가 갑자기 FC도쿄로 떠났다. 그 대신에 하대성이 돌아왔지만, 그의 몸은 전성기 시절과는 거리가 있는 상태였다. 아드리아노는 중국 2부리그로 팔렸다. 황선홍 감독은 포항 시절의 영광을 함께했던 신광훈에 이어 이명주를 데려왔다. 내용도 결과도 모두 나오지 않았다. AFC챔피언스리그에서 서울은 조별리그에서 탈락했다. 최근 네 시즌 중에 세 번이나 4강 이상 성적을 냈던 것과 큰 차이였다. 3시즌 연속 결승전에 진출했던 FA컵

에서는 16강에서 탈락했다. 가장 중요한 리그에서도 5위로 밀리는 바람에 AFC챔피언스리그 출전권이 날아갔다. 서울 전성기에서 지켜졌던 모든 승리 습관이 다 깨졌다.

"황선홍 감독은 서울 팬들로부터 좋은 평가를 받을 수가 없다. 서울 색깔을 너무 많이 없앴다고 해야 할까? 서울이 지금까지 만들었던 긍정적으로 이어졌던 징크스를 황선홍 감독이 와서 다 때려 부쉈다. 정말 하나도 남기지 않았다. 그 전까지 포항은 서울에 원정 와서 이기지 못했다. 2-0으로 이기고 있다가도 자책골 넣어서 비기고 역전당해서 지고 그랬다. 내 기억에 7~8년 정도 포항은 서울에 못 이겼을 거다. 그런데 그게 다 깨졌다. 정말 하나 하나 좋은 징크스들이, 기록들이 다 깨졌다. 최소한 포항 징크스는 지킬 줄 알았는데 그것까지 깨지더라. 너무 스트레스를 받아서 한동안 경기를 안 봤다."

강동희, FC서울 팬

"FC서울의 정체성을 뒤틀어버렸다. 생판 모르는 신광훈을 데려와서 주장 완장을 채우고, 입맛에 맞는 선수들을 데리고 와서는 결과적으로 성적을 내지 못했다. 팀에서 상징적이었고 결과를 만들었던 선수들을 죄다 불화로 내보냈다. 성적도 성적이지만, 팀의 근간을 흔들어버리는 결정들이 많았기 때문에 팬들로서는 암흑기 중에서도 최악의 암흑기였던 것 같다. 2016시즌 전반기에 최용수 감독이 만들어 놓고 나간 팀이라서 멤버가 참 좋았다. 전반기에 벌어 놓은 승점으로 버틴 것이다. 능력적으로 보여준 게 없었던 우승이었던 것 같다."

이재성, FC서울 팬

"황선홍 감독이 오면서 박주영이 잠깐 2군에 내려갔다. 구단 내에서 박주영은 따르는 후배들이 많은 친구였다. 그러다 보니까 감독과 갈등이 생긴 것 같더라. 내가 옆에서 보기 너무 안타까워서 중간에서 어떻게든 해보려고도 했다. 황 감독은 코치들을 포항에서 데려왔고, 신광훈을 데려와서 주장을 시켰다. 솔직히 그게 큰 실수였다고 생각한다. 황 감독으로서는 본인이 믿을 수 있는 선수가 신광훈밖에 없겠다 싶을 수 있지만, 기존 선수들에게는 '이게 뭐지? 코치도 전부 다 포항 출신이고, 포항에서 데려온 선수에게 오자마자 주장을 시키고. 그럼 우리는 뭐야?'처럼 느껴진 것 같다."

김현태, 당시 FC서울 스카우트

서울 팬들은 2017시즌의 부진이 바닥이라고 생각했다. 그게 아니었다. 2017년의 마지막 날 대형 사고가 터졌다. 절대적 레전드 데얀의 수원행 임박 소식이었다. 수원삼성의 파란색 유니폼을 합성한 이미지가 돌아다녔지만, 여전히 서울 팬들은 루머를 믿으려고 하지 않았다. 사실 현실성이 아예 없어 보였기 때문이다. 하루씩 지나가면서 존재하지 않을 것 같았던 가능성이 조금씩 커졌다. 첫 보도로부터 나흘 뒤에 수원 클럽하우스에서 파란색 유니폼을 입은 데얀의 사진이 공개됐다. 구단이 데얀과 계약을 연장하지 않았다는 사실에서 받았던 충격은 차라리 애들 장난처럼 느껴지는 순간이었다.

시즌 종료 후, 데얀은 재계약과 관련해서 이렇다 할 이야기도 나누지 못한 채 귀국을 앞두고 있었다. 구단은 데얀에게 '사무실로 와서 인사라도 하고 가라'라고 연락했다. 그때까지도 데얀은 재계약 희망을 버리지 못했던 상태였다. 하지만 데얀은 사무실에서 FC서울 인형과 머플러, 꽃다발만 받고 발길을 돌려야 했다. K리그에서 계속 뛰고 싶다는 의지와 서울로부터 받은 배신감이 잘못된 방향을 향해 치달았고, 그 종착지가

바로 '출입제한구역'인 수원삼성이었다. 창단 이래 가장 빛나는 시대의
최대 공로자이자 구단 역대 최다 득점자가 팬들의 마음에서 그렇게 영
원히 사라졌다.

"솔직히 나는 감정이 별로 없다. 좋은 감정도 싫은 감정도 없다. 얘기하
다 보면 그냥 약간 안타까울 뿐이다. 본인이 조금만 예의를 더 지켰어도

됐을 텐데. 축구선수라면 상황에 따라서 라이벌팀으로 갈 수도 있다고 본다. 축구판에서는 원래 뭐가 어떻게 될지 모르지 않나. 그런데 홈 팬들에 대한 예의를 너무 차리지 않았다. 인사도 안 하고, 수원 갔다는 얘기부터 먼저 띄웠다. 소셜 미디어 피드에 그게 딱 떴더라. 놀라서 바로 '언팔'했다. 나는 파란 거 보고 싶지 않으니까. 그 순서가 틀렸다. 마무리만 잘 하고 갔으면 데얀의 사정을 이해해줄 수 있는 서울 팬이 지금보다 더 많았을 것 같다. 그 작은 예의가 없었기 때문에 데얀은 누구에게도 호소할 수가 없다. 아무도 그걸 받아주지 않는다. 뛸 수 없으면 라이벌팀이라도 갈 수 있다. 프로 스포츠 비즈니스에서 금액과 조건이 맞는다면 가야한다. 그런데 떠날 때 예의가 너무 없었다. K리그에서 평생 쌓았던 공적을 한 방에 날려버린 거다. 한국에서 그렇게 오래 뛰었는데 이제 와서 한국적 감성을 몰랐다고 한다면, 그건 너무 이기적인 변명이다."

강동희, FC서울 팬

"데얀에 관해서는 사적인 감정을 떠나서 서울 팬들과 선수의 관계를 확실히 정리해야 한다고 생각한다. 단순히 수원으로 이적한 선수로 끝나면 안 된다는 게 내 생각이다. 황선홍 감독과 관계는 둘째다. 수원으로 간 것은 어디까지나 본인의 선택이었다. 나중에 누군가가 수호신이 된 다음에 데얀이 어떤 선수였는지 검색했을 때, '수호신은 데얀을 배신자라고 생각한다'라는 사실을 역사적인 기록으로 남겨야 한다."

"나도 데얀을 정말 좋아했다. 장쑤 원정이 기억난다. 당시 인천-장쑤 구간에 비행기 편이 하루에 한 대밖에 없었다. 귀국길에 공항 카페에서 커피를 들고 앉을 만한 곳을 찾고 있었다. 선수들도 많이 있었는데, 국내 선수들은 다들 핸드폰 게임을 하거나 음악을 듣고 잠깐 눈을 붙이고 있는 선수도 있고 그랬다. 한 테이블에 데얀과 아디, 몰리나가 앉아있었다. 내가 커피를 들고 두리번거리고 있으니까 데얀이 이리 오라고 손짓을 했고, 같은 테이블에 앉게 됐다. 데얀이 "여기까지 와줘서 고맙다. 검은 티 입은 사람들이 응원 열심히 하는 거 잘 안다"라고 말해줬다. 그렇게 말하는 걸 보고 나는 '이 친구는 진심이구나. 그냥 외국인 선수가 아니다. 서울에 정말 진심이다'라고 느꼈다. 그런 기억이 있어서 실망이 더 큰 것 같다. 요즘 드는 생각은 화가 아니다. 그냥 뭔가 헤어진 여자친구 같다. 솔직히 안타깝다. 왜 그거 하나 잘못 선택을 해서 이렇게…"

김주한, 수호신 회장

"그때 영어 학원에서 과제를 해야 할 게 있어서 아빠가 아이패드를 사줬다. 축구를 좋아하니까 아이패드로 네이버 뉴스에 들어가서 새로고침하는 게 취미였다. 12월 30일쯤인가 들어가서 새로고침을 했는데 데얀이 파란 옷을 입은 사진이 나왔다. 진짜 10초 정도 멍했다. 데얀이 왜 수원 옷을 입고 있지? 나는 데얀을 진짜 좋아했다. 왜냐면 축구에서 수비가 아무리 잘하고 미드필드가 잘해도 골을 못 넣으면 말짱 꽝 아닌가. 그 골을 가장 잘 넣는 선수가 데얀이었다. 중국에 돈 벌러 갔다가 다시 서울로 돌아온 선수가 다른 데도 아니고 수원에 가다니. 그때부터 나는 데얀과 상종하지 말자고 생각했다."

"데얀의 말을 들어보면 이해가 안 가는 건 아니다. 내가 데얀이라도 엄청 화났을 것 같다. 그런데 왜 하필 수원인가. 수원으로 이적한 탓에 황선홍 감독에게 가야 할 화살까지 전부 데얀한테 가버렸다. 팬들도 데얀이 황선홍 감독 때문에 팀에서 나갔다는 걸 다 안다. 그런데 그걸 알면서도 욕할 때 데얀 욕을 더 많이 한다. 정말 최악의 선택을 했다. 자기가 10년 동안 그렇게 잘했던 구단의 팬들을 한번에 다 잃어버렸다. 손흥민이 아스널로 갔다고 생각해보라. 10년 업적이 한순간에 다 깨지는 거다. 수원 이적은 정말 서울을 엿먹이는 느낌이지 않나. 팬들도 정말 세게 배신감을 느낄 수밖에 없었다. 이룬 게 정말 너무나도 많은 선수였는데 너무 아깝다. 서울의 영광스러운 순간에는 항상 데얀이 있었다. 수원에서 2년 있다가 나가는 바람에 또 애매해졌다. 서울에서는 역적, 수원에서는 뭔가 애매한 선수. K리그 레전드가 그 어느 팀 팬도 얻지 못한 채 커리어가 끝나버렸다."

이동현, FC서울 팬

　오스마르는 일본 J리그를 선택했다. 박주영의 입지는 좁아졌다. 성공의 아이콘들이 거의 다 다른 폴더나 휴지통으로 이동한 상태에서 FC서울은 이제 그때 그 FC서울이 아니었다. 개막 10경기에서 서울은 2승 4무 4패를 기록했고, 결국 황선홍 감독은 짐을 쌌다. 참고로 푸른 데얀은 2018시즌 45경기에 출전해 27골을 터트렸다. '원클럽맨' 고요한이 주장 완장을 건네받았다. 잃어버린 2년을 되돌리려는 노력의 일환이었다. 팀 분위기는 그나마 나아졌지만, 가시적인 결과는 좀처럼 나오지 않왔다. 하향 기세가 수그러들긴 했지만, 결과는 계속 정체된 상태가 지속되었다. 이을용 감독 대행 체제는 역부족이었다. 최악의 경기가 속출했다. 슈퍼매치 승리에서도 웃어도 웃는 게 아니었다.

2018년 5월 20일(일) 16:00, 서울월드컵경기장

KEB하나은행 K리그1 2018시즌 경기 (관중 21,551명)

FC서울   0
전북   4 (이재성 61', 곽태휘 og81', 임선영 83', 이동국 88')

서울 선발(이을용 감독대행): 양한빈(GK), 곽태휘, 황현수, 고요한, 심상민(이상 DF), 황기욱, 이상호, 신진호, 안델손(이상 MF), 조영욱, 박주영(이상 FW)
전북 선발(최강희 감독): 송범근(GK), 최철순, 최보경, 홍정호, 이용(이상 DF), 신형민, 이승기, 임선영, 손준호(이상 MF), 임선영, 로페즈(이상 FW)

"월드컵 한 달 전에 서울이 전북을 상대했다. 나는 엄청난 기대감을 안고 경기장에 갔다. 그래도 상암이니까 이기지 않을까? 전반전이 0-0으로 끝났다. 그런데 후반전에 그 사나이가 딱 들어온다. 17번 녹색의 사나이 이재성. 이재성이 후반전에 들어왔고 경기는 4-0으로 끝나버렸다. 이재성이 패스를 한 번만 하면 서울 선수 3명이 다 쓰러졌다. 내가 이재성이라는 선수를 이날 경기에서 처음 정확히 알았다. 정말 미친 선수

FC서울 때문에 산다

구나. 막판에 어떤 서울 팬이 "이동국 파이팅!"이라고 씁쓸하게 소리를
질렀을 정도로 우리가 부진했고, 나도 어린 마음에 상처를 입었던 경기
였다."

이동현, FC서울 팬

2018년 8월 15일(수) 19:00 수원월드컵경기장

KEB하나은행 K리그1 2018시즌 경기 (관중 13,853명)

수원삼성　1 (데얀 4')

FC서울　2 (고요한 49', 완델손 90+1')

수원 선발(서정원 감독): 노동건(GK), 양상민, 곽광선, 조성진(이상 DF), 박형진, 사리치, 조원희, 최성근, 유주안(이상 MF), 염기훈, 데얀(이상 FW)

서울 선발(이을용 감독대행): 양한빈(GK), 김동우, 김원균, 심상민(이상 DF), 심상민, 윤석영, 김원식, 신진호, 송진형, 윤승원(이상 MF), 고요한, 안델손(이상 FW)

"그때 원했던 건 '안 이겨도 된다. 데얀한테만 골을 먹지 말자'였다. 그런데 4분 만에 데얀한테 실점을 했다. 내게는 최악의 경기가 될 뻔했다. 분위기가 그냥 최악이 됐다. 완전히 다운돼서 아무리 우리가 앞에서 열정적으로 해도 분위기가 살아나지 않았다. 그러다가 후반 추가시간에 완델손의 극장골로 이겼다. 완델손이 골을 넣고 계단을 올라 관중석까지 왔다. 그 원정이 제일 기억에 남는다."

김주한, 수호신 회장

　여름 들어 성적이 폭락했다. 리그 9경기 연속 무승 사슬에 칭칭 감긴 채 서울은 10월 6일 전남전 패배로 창단 첫 하위 스플릿 굴욕을 맛봤다.

아시아 패권을 다투던 팀이 2년 만에 K리그에서 중간도 가지 못하는 신세로 전락한 것이다. 사면초가에서 구단은 결국 '서울의 영웅'을 재소환하기로 했다. 10월 A매치 휴식기 중이었던 10월 11일 서울은 최용수 감독의 복귀를 공식 발표했다. 잿더미 속에서 유일한 희망 카드가 살아나는 것처럼 보였지만, 그걸로도 충분하지 않았다. 11월 24일 홈에서 서울은 인천과 비기기만 해도 잔류를 확정할 수 있었다. 그러나 자신감이 떨어진 팀은 그것도 해내지 못했다. 마지막 두 경기에서 서울은 모두 0-1로 패하면서 구덕으로 향해야 했다.

"내가 FC서울 감독으로 복귀하기는 좀 힘들지 않을까 생각했다. 여차저차해서 돌아오긴 했는데, 내가 떠나기 전과 분위기가 크게 달라졌더라. 선수단에 변화도 컸고, 한번 기세가 끊기니까 그걸 회복하기가 쉽지 않았다. '우리 FC서울이 이러면 안되는데'라는 생각이 계속 들었다. 경기를 하면 이길 경기에서 비기고, 비길 경기에서 져버렸다. 예전과 똑같이 준비를 해도 막상 경기에 들어가면 이상하게 부정적인 기운 같은 게 생겼다. 그게 반복되다 보니까 선수들의 자신감이 뚝뚝 떨어지는 게 눈에 보였다. 내려간 분위기를 추스르는 게 참 어렵더라."

최용수, 당시 FC서울 감독

"승강플레이오프에서 부산아이파크와 두 경기를 했는데 그때 정말 끔찍했다. 서울이 2부로 내려간다는 상상은 진짜 상상만으로도 위험하지 않은가. 왜 FC서울이 거기에 있었는지 솔직히 실감이 잘 나지 않았다.

우리 팀이 왜 이렇게 됐지? 그런 자책도 많이 했고 스트레스도 심했다. 끔찍했다."

최용수, 당시 FC서울 감독

2018년 12월 6일 19:00, 부산 구덕운동장

KEB하나은행 K리그 2018시즌 승강플레이오프 1차전 (관중 10,127명)

부산아이파크   1 (호물로 22')

FC서울   3 (조영욱 58', 고요한 78', 정현철 88')

부산 선발(최윤겸 감독): 구상민(GK), 구현준, 권진영, 노행석(이상 DF), 김치우, 이재권, 호물로, 김문환, 김진규(이상 MF), 김현성, 한지호(이상 FW)
서울 선발(최용수 감독): 양한빈(GK), 이웅희, 김원균, 김동우(이상 DF), 김한길, 윤종규, 정현철, 고요한, 하대성(이상 MF), 윤주태, 조영욱(이상 FW)

"축구를 하면 매번 골을 먹는다. 호물로의 선제골도 그런 골 중에 하나 였다. 그런데 그 골은 뭔가 펑 하고 맞은 것 같았다. 공이 날아가 창문이 깨지듯이 그냥 오만 가지가 다 깨지는 기분이었다. (박)주영이 형, (하)대성이 형 등과 이야기를 많이 하면서 멘털을 잡아갔다. 부산에서 퇴장이 나왔다. 그러면서 조금씩 흐름이 바뀌면서 우리가 동점, 역전하고 도망가는 골까지 넣었을 수 있었다. 내가 넣었던 역전골은 헤더가 아니라 사실 '어깨 골'이었다. 내가 슛을 했는데 볼이 반대쪽으로 들어가고 있더라. 승강 플레이오프에서 1골 1도움을 기록했다. 누군가에게는 쉽게 잊힐 평범한 공격포인트일지 몰라도 내게는 큰 의미가 있었다. 그때 팀이 강등되면 선수단뿐만 아니라 구단 직원들도 다 잘린다는 소리까지 있었다. 그런 상황이었기에 더 희생하면서 뛰었고 그런 플레이에 대한 선물로 포인트가 만들어졌다."

"솔직히 2018시즌에 리그에서 우리가 상위권에 있었다면, 내가 해외로 진출했을지도 모른다. 월드컵이 끝난 시점에서 해외에서 되게 좋은 오퍼가 왔다. 그쪽에서 연봉 15억 원에 3년 조건을 제시했다. 그런데 구단에 차마 얘기를 하지 못했다. 팀 성적은 하위권에 처져서 잔류, 강등을 두고 싸우고 있지, 내가 주장이지… FC서울에서 성장하고 활약한 덕분에 나도 월드컵까지 다녀올 수 있었는데, 러시아에서 월드컵 마치고 돌아오자마자 팀을 나가겠다면서 구단과 싸우는 건 정말 좀 아닌 것 같았다."

고요한, 당시 FC서울 주장

"2018년 부산 구덕에서 내가 콜 리더를 했다. 축구장을 엄청 다녔지만, 그때 부산 구덕이 정말 제일 추운 경기장이었다. 날씨도 추웠고 마음도 추웠다. 선제골을 먹히고 전반이 끝났을 때는 정말 웃음이 안 나오더라. 농담을 자주 하는 스타일인데 그것도 전혀 안 나왔다. 부산에서 서울로 올라오는 버스에서 몸과 마음이 너무 힘들었다. 여기까지 와서 승강 플

FC서울 때문에 산다

레이오프를 치르는 것도 치욕이지만, 반대편에 부산을 응원하는 사람들만이 아니라 서울을 싫어하는 사람들까지 모였다. 그것도 치욕이라고 생각한다. 이후로 우리끼리 가끔 "너 그때 구덕에 있었냐?"라고 물어본다."

김주한, 수호신 회장

상암 2차전에서 서울은 후반 추가시간에 터진 박주영의 동점골 덕분에 1-1로 비겼다. 최종 합산 스코어는 4-2였다. 승리했다. 1부 지위가 유지되었다. 하지만 아무도 웃지 못했다. 해냈다는 성취감도, 위험천만한 고비를 넘겼다는 안도감도 모두 치욕의 다른 표현 같았다. 최용수 감독은 역전의 용사 오스마르를 다시 불렀다. 구단으로 복귀하면서 최용수 감독은 일본에 있던 오스마르에게 전화를 걸어 복귀를 요청했다. 오스마르는 "당신이 원하면 갈 테니까 강등이나 당하지 말라고 했다"라고 대답했다. 오스마르는 세레소오사카의 숙소에서 승강플레이오프 중계를 지켜봤고, 이듬해 '제2의 집'으로 돌아왔다.

　'잊지 말자 2018'이란 구호가 2019시즌을 관통했다. 박주영이 살아나 득점력 문제를 해갈했다. 공격적 물량 공세로 우승을 다투던 울산과 전북의 틈에는 낄 수 없어도 서울은 최종 3위로 시즌을 마감했다. 최용수 감독이 무엇을 할 수 있는지와 현재 팀이 어떤 문제를 안고 있는지가 동시에 드러났던 시즌이었다. 아쉽게도 문제의 크기가 감독의 능력을 꺾었다. 코로나19 팬데믹으로 2020시즌은 5월에야 개막되었고, 관중석은 텅 비어 있었다. 어수선한 분위기 속에서 간신히 유지되었던 긴장의 끈이 완전히 끊기고 말았다. 서울은 개막 13경기에서 3승 1무 9패로 11위까지 떨어졌다. 기성용의 복귀라는 대형 호재가 무색하게 최용수 감독은 다시 지휘봉을 내려놓기로 했다.

"2020시즌은 뭐랄까 감정 조절도 잘 되지 않았다. 원하는 경기 내용과 결과가 안 나왔다. 이상하게 뭔가 마가 꼈는지 잘 되지 않았다. 나부터

신이 나지 않았다. 팀에서 선수들은 감독을 쳐다본다. 내가 정말 재미있게 일하면 팀 전체가 행복해질 수 있는데, 나 스스로도 감정을 통제하지 못했던 것 같다. 감독은 성적에 책임을 지는 자리다. 서울이 이대로 무너지는 걸 나도 원하지 않았다. 그래서 누구 말도 듣지 않고 그냥 내가 사표를 던졌다.”

“FC서울이라는 팀 안에서 나는 선수와 지도자로서 모든 영광스러운 날들을 다 보냈다. 이렇게 성장할 수 있는 기회를 받는다는 게 사실 쉽지가 않다. 훌륭한 여건과 환경 속에서 내가 축구 선수, 코치, 감독으로서 일할 수 있었다는 것에 대해서 죄책감이 들 정도로 괴로웠다. 그래서 내가 좀 더 일찍 그만둬서 다음 감독이 조금이라도 빨리 부임해 시간을 갖고 팀을 잘 추스르길 하는 생각도 있었다. 팬들에게도 너무 죄송스러웠다.”

최용수, 당시 FC서울 감독

오스마르는 당시 서울을 “뉴노멀”이라고 정의한다. 자신이 처음 합류했던 시절과 전혀 다른 팀이 되어버렸다고도 덧붙인다. 승리하는 게 당연한 FC서울에서 한 경기 이겼다고 우승이라도 한 것처럼 좋아하는 동료들의 모습은 오스마르에게 너무나 생경하게 느껴졌다. 고요한도 “서울을 잠깐 머물다가 가는 곳 정도로 여기는 듯한 선수들의 모습이 보였다”라고 회상한다. 위대했던 팀이 해체된 후유증은 그런 식으로 구단의 승리 DNA를 평범함으로 대체해버렸다.

"최용수 감독이 돌아왔을 때, 팀에는 어린 선수들뿐이었다. 경쟁해서 쟁취하는 것에 익숙하지 않은 친구들이었다. 지난 2년간 계속 패배만 했던 팀에서 뛰었기 때문이다. FC서울 안에서 하향된 '뉴노멀'이 생겨버린 셈이다. 한 경기에서 이겼다고 선수들이 엄청나게 좋아했다. 과거 FC서울은 승리가 당연한 구단이었다. 한 경기 이겼다고 해서 아무도 세리머니를 펼치지 않았다. 그냥 한 경기 더 이겼을 뿐이었다."

"최용수 감독은 달라진 선수단을 과거와는 다른 방법으로 이끌어야 했다. 신세대 선수들은 고함치거나 벌을 주는 감독을 좋아하지 않았다. 2군으로 한번 내려간 어린 선수는 그곳에서 자신감을 완전히 잃어버려 다시는 1군으로 돌아오지 못했다. 정신력이 약했기 때문이다. 예전에 최용수 감독이 나를 2군에 보낸 적이 있었다. 하지만 나는 이틀만에 돌아왔다. 다른 선수들도 다들 정신 차려서 돌아왔다. 최용수 감독이 2019년, 2020년에 있던 선수들을 그렇게 몰아쳤으면 아마 팀이 박살났을 것이다. 선수들이 나약했기 때문이다."

"2019년, 2020년 팀의 선수들은 너무 어려서 자존심이라고 할 것도 없었다. 다들 보상이 부족하다는 생각에 성취하려는 노력을 기울이지 않았다. 선수들이 평범함에 만족하니까 구단도 평범한 경기력을 허용하기 시작했던 것 같다. 요즘은 좀 달라지고 있는 것 같지만, 당시 서울은 말그대로 평범해진 상태였다. 그래서 2부리그 클럽에서 선수를 영입하는 것도 자연스러웠다. 빅플레이어가 될 준비가 부족한 선수들이 많은 팀

에서, 최용수 감독은 혼자 정말 힘들었을 것이다."

오스마르, 당시 FC서울 미드필더

최용수 2기가 종료되면서 서울은 깊은 침체기 속으로 빨려 들어갔다. 감독 대행, 대행의 대행이라는 혼란 속에서 선택됐던 박진섭 감독 카드도 힘없이 찢어졌다. 과거 빙가다 감독 우승 당시 코칭스태프였던 안익수 선문대 감독이 2021년 감독으로 투입되었다. 안익수 감독은 '익수볼'이라는 유행어를 만들 만큼 새로운 바람을 불어넣었다. 뭔가 될지도 모르겠다는 작은 희망도 생겼다. 그러나 희망은 실현되지 않았다. 2020년부터 시작된 대혼란 속에서 서울은 4년 연속 하위 스플릿(9위 – 7위 – 9위 – 7위) 신세로 전락했다. 팬들 사이에서 비행기 티켓을 예매하고 원정지 숙소를 알아보면서 친목을 도모했던 아시아 원정 응원의 기억마저 흐릿해졌다.

"팀 분위기, 선수들의 마인드, 모든 게 바뀌어 불안정성이 커졌다. 감독들이 오래 가지 못했던 이유다. 선수들은 FC서울의 선수가 된다는 의미를 이해하지 못했다. 한번도 좋았던 적을 경험해보지 못한 탓이다. FC서울에 있었던 DNA가 실종된 것 같았다. 처음 서울에 왔을 때 나는 주축선수이자 리더였는데, 두 번째 시절에는 내가 무슨 아빠나 코치가 된 것 같았다."

"선수들이 큰 경기장, 많은 관중 앞에서 뛰는 걸 부담스러워했다. 그래

서 전북과 울산만 만나면 이기지 못했다. 빅매치 특유의 분위기를 두려워하는 것 같았다. 예전 동료들은 빅매치에서 더 잘했다. 이런 분위기 속에서 좋은 감독을 찾기도 어려웠다. 괜찮은 능력이 있는 지도자들이 왔지만, 당시 구단은 그 이상의 특별한 감독이 필요했다. 어린 선수들을 잘 다루면서 팀을 만들어갈 줄 아는 지도자가 영입돼야 했다. 최근 서울을 맡았던 감독들은 젊은 선수들을 좀 더 잘 다루어야 했다."

오스마르, 당시 FC서울 미드필더

217

이 기간을 통틀어 서울이 타이틀에 근접했던 유일한 사례는 2022년 FA컵 결승전이었다. 서울은 제주, 부산교통공사, 대구를 연이어 제치면서 결승 진출에 성공했다. 2016년 대회 이후 6년 만이었다. 상대는 전북이었다. 하위 스플릿에 자리하는 게 당연하게 되어버린 서울과 리그 6연패 우승에 실패해 독기가 오른 전북이 맞붙는 파이널매치라면 결과는 뻔했다. 홈 1차전에서 서울은 2-2로 체면치레를 했을 뿐, 원정으로 펼쳐진 2차전에서는 1-3으로 완패했다. 당시 전북에서는 조규성, 김보경, 백승호, 김문환, 김진수, 송민규 등 전현직 국가대표 선수들이 대거 선발출전했다. 서울의 선발 명단에서 국가대표를 경험했거나 현역으로 선발되는 선수는 기성용과 나상호 둘뿐이었다. 동기부여와 개인 기량에서 모두 서울은 전북에 미치지 못했다.

2023년 마지막 슈퍼매치(11월 25일)는 암흑기가 어떤 모습이었는지를 잘 보여준다. 상암 홈경기에서 서울이 이기면 수원은 강등되는 상황이었다. 최대 라이벌을 직접 2부로 보낼 수 있다는 시나리오는 그야말로 영화에서나 나올 법했다. 수원 원정 팬들은 지푸라기를 잡는 심정으로 서울월드컵경기장의 남측 스탠드를 가득 메웠다. 북측 광장 역시 역사적 승리를 기대하는 '검빨' 팬들로 가득했다. 그런 결정적 승부처에서 서울은 무기력하게 0-1로 패했다. 홈 팬들 앞에서 자존심을 지켜야 한다는 투지가 없는 것인지, 혹은 지켜야 할 자존심 자체가 없는 것인지 분간이 가지 않았던 90분이었다.

이날 오스마르는 퇴장당했고, 고요한도 양쪽 선수단이 격렬히 엉켰던 사태에 휘말려 사후 징계를 받았다. 두 선수는 출전 합계가 무려 790경

기에 달하는 구단 역대 최고 레전드 2인이었다. 한국인 최다 출전자, 외국인 최다 출전자, 한국인 주장, 외국인 캡틴. 두 사람 모두 누구보다 성대하고 아름다운 고별전의 주인공이 될 자격이 차고 넘친다. 쓸쓸한 홈 슈퍼매치 패배와 퇴장은 오스마르와 고요한이 그동안 남겼던 발자취와는 너무나 어울리지 않았다. FC서울 안에서 움튼 흑빛이 수년간 진해지고 더 진해진 끝에 굳어진 암흑이 바로 이런 모습 아니었을까?

"개인적으로 최악의 경기였다. 팬들 앞에서 마지막으로 선보였던 경기였다. 몸 상태도 좋지 않았고, 하지 말았어야 하는 행동이 나왔다. 이후 은퇴해서 팬들에게 다시는 그라운드에서 좋은 모습을 보여줄 수 있는 시간이 없었다. 솔직히 이 경기를 나중에 돌려보고 싶은 마음도 있었는데 차마 못 보겠더라. 오스마르가 퇴장당했고, 나도 사실상 퇴장당했다. 둘 다 마지막 경기였다. 두 명의 레전드가 말이다. 그러고 보니 레전드 3개가 한꺼번에 K리그1 무대에서 사라졌다. 수원삼성도 강등되었으니까. 팬들도 그날 경기에 대해서는 특히 더 많이 실망하셨을 것이다. 그 경기에 관해서 나는 어디 가서 얘기하지도 못했다. 개인적으로 최악, 정말 기억에서 지우고 싶은 경기였다."

고요한, 당시 FC서울 미드필더

"나는 FC서울에서 1, 2년 정도 더 뛰고 현역 생활을 마무리하고 싶었다. 2023년이 FC서울에서의 마지막 시즌이 될 줄 몰랐다는 점이 제일 실망스럽다. 구단이 '올해가 마지막이 될 것'이라고 미리 알려주지 않았으니까 수원삼성전이 내 마지막 FC서울 경기가 될 줄도 당연히 몰랐다. 그게 마지막 경기인 줄 알았다면 뭔가 준비라도 했을 텐데, 아무것도 몰랐고, 아무것도 하지 못한 채로 끝났다."

"모든 축구선수는 그라운드에서 은퇴하거나 작별하고 싶어한다. 인터 넷에 올린 소셜 미디어 글 하나로 은퇴하고 싶은 축구선수는 없다. 수원 삼성 경기가 내 마지막 FC서울 경기인 줄 알았다면, 많은 게 달랐을 것 이다. 우리 손으로 수원삼성을 강등시킨 경기에서 내가 FC서울 팬들에 게 감사 인사와 작별 인사를 남길 수 있었다면 정말 더없이 완벽한 고별 전이 됐을 것이다. 나는 인천공항이 아니라 상암에서 서울 팬들과 작별 하고 싶었다."

"2023시즌이 끝난 다음에야 그게 마지막이었다는 사실을 알았다. 동료, 팬들과 인사도 하지 못한 채 그냥 떠나야 했다. 다행히도 지도자 자격증 취득 때문에 2주일을 더 한국에 머물렀고, 그 덕분에 공항에서라도 팬 들과 작별할 수 있었다. 자격증 준비가 아니었다면 공항 작별도 없었을 것이다. 공항에서는 나도 가눌 수 없을 정도로 감정이 많이 올라왔고 정 말 특별한 순간을 만들어준 팬들에게 감사했다. 하지만 상암에서 그렇 게 했다면, 동료와 팬, 나와 가족들 모두에게 훨씬 더 행복한 작별이 됐 을 것이다. 서글프고 아쉬운 이별이 아니라."

오스마르, 당시 FC서울 미드필더

SEOUL

2024 ~

2023년 8월 19일. 안익수 감독 사임 발표

2023년 10월 8일. 파이널B 확정

2023년 11월 11일. 최종 7위 확정

2023년 11월 23일. 영화 <서울의 봄> 공개

2023년 12월 14일. 김기동 감독 영입 발표

2020년부터 2023년까지 다수의 감독과 감독대행이 FC서울을 거쳐 갔다. 팀이 다시 정상궤도에 진입한 건 2024시즌 김기동 감독과 함께였다. 부임 첫해를 비교적 잘 마친 김기동 감독은 2025년을 최종 6위로 시즌을 마무리했다. FC서울 감독이 풀타임으로 두 개 시즌을 마친 것은

2013시즌 최용수 감독 이후 12년 만이다. 김기동 감독은 2024시즌 최종 4위로 5년 만에 상위 스플릿 진입에 성공했다. 동일 성과를 남긴 마지막 주인공도 최용수 감독(2019년 3위)이었다. 하지만 지금 상암에서는 만족감이 감지되지 않는다.

김기동 체제 2년은 명암이 극명하게 갈린다. 창대하게 시작했다가 점점 미약해지는 모양새다. 2024시즌은 좋은 일이 더 많았다. K리그 팬들은 김기동 감독의 상암 입성을 '서울의 봄'이라며 흥분했다. 경량급 예산의 포항스틸러스에서 그는 K리그1 감독상(2020년)과 AFC챔피언스리그 결승 진출(2021년)을 거쳐 2023년 FA컵까지 들어 올렸다. 같은 기간에 상암에서 어떤 일들이 벌어졌는지를 생각하면, 서울 팬들에게 김기동 감독은 구세주처럼 보일 수밖에 없었다. 해가 바뀌어 서울은 한 발 더 나아갔다. 맨체스터유나이티드와 잉글랜드 국가대표팀에서 활약했던 스타플레이어 제시 린가드가 거짓말처럼 상암에 입성했다. '가까뉴스'라던 의구심은 인천국제공항 입국장 문이 열리고 린가드가 나오면서 거대한 희망으로 바뀌었다.

"처음에는 나도 린가드가 온다고 했을 때 믿지 않았다. 어디서 루머가 떠서 '루머라도 좀 그럴싸한 걸 하지 왜?'라고 생각했다. 다들 '뻥 치지 마라'라는 분위기였다. 나중에 진짜 계약했다고 해서 내가 '연봉을 주급으로 착각해서 계약한 거 아니냐?'라고 했다. 인스타그램을 보니까 팔로워가 900만 명이더라. 전혀 축구 얘기해 본 적이 없는 사람들이 린가드 사인 받을 수 있냐고 물어본다. 지금까지 한 번도 축구와 접점이 없는

사람들이 린가드를 보고 싶다고 연락해온다. 진짜 유명하긴 유명하구나 싶었다. 원정에 가면 볼보이들이 린가드랑 하이파이브라도 한번 하면 막 좋아하는 표정을 지었다."

강동희, FC서울 팬

"처음에 그 소식을 들었을 때, 말도 안 된다고 생각했다. 그동안 잉글랜

드 선수 몇 명 왔었는데 6개월 이상 있었던 사례가 거의 없었다. 누가 오더라도 그냥 짧게 뛰다가 돌아갈 것이라고 생각했다. 그런데 린가드는 지난 시즌 열심히 뛰더라. 맨유 시절만큼 했다고 하긴 어려워도 K리그를 기준으로 보면 되게 열심히 뛰었고 생각한다. 그리고 본인도 팀을 굉장히 아끼는 것 같다. 경기에서 질 때는 마음 아파하고, 그런 모습이 되게 좋다."

폴 카버, FC서울 팬

린가드의 합류는 가시적 효과를 낳았다. 2024시즌 유니폼이 처음 풀린 온라인스토어에서는 구단이 준비했던 린가드 마킹 유니폼의 초도 물량 1,000매가 두 시간 만에 완판되었다. 참고로 서울의 유니폼 판매량은 리그에서 압도적 1위 자리를 고수하는데, 상암에서 뛰었던 두 시즌 동안 린가드 유니폼은 구단 판매량의 절반 이상을 차지했다. 3월 10일 홈 개막전이었던 2라운드 인천 경기에만 51,670명이 몰렸다. 2018년 유료관중 집계 후 역대 최다 관중 신기록이었다. 영국 매체들이 상암까지 날아와 린가드 열풍을 현장에서 취재했다. 실제 경기에서도 린가드가 보여준 시야와 움직임, 위치 선정은 확실히 한 단계 위였다. 프리미어리그에서 활약했던 선수가 두 명이나 포함된 선발 라인업은 수호신 모두에게 큰 만족감을 제공했다.

변화는 익숙함과 작별한다는 것을 의미하기도 했다. 2023시즌 종료와 함께 FC서울은 전직 주장 두 명과 동시에 이별해야 했다. 오스마르는 말레이시아 리그 이적 해프닝 끝에 서울이랜드에서 K리그 생활을 이어가기로 했다. 상암에 새겨진 헌신을 잊지 못하는 일부 팬들은 오스마르를 응원하러 목동종합운동장까지 찾기도 한다. '원클럽 레전드' 고요한은 오스마르보다는 운이 좋았다. 2006년부터 2023년까지 뛰었던 상암에서 팬들과 작별할 수 있었기 때문이다. 4월 13일 포항전을 앞두고 고요한은 은퇴식은 구단 첫 영구결번식까지 선물받았다. 정점이었던 2018시즌 이후 고요한은 기나긴 암흑기에서 FC서울의 가치를 지키려고 고군분투했다. 이 시간은 팀 성적처럼 고요한 개인으로서도 사투에 가까웠다. 팀을 먼저 생각하느라 몸이 부서졌기 때문이다.

"2019년 경기 중에 내가 쿠니모토랑 무릎끼리 부딪혔다. 통증을 참고 한 달 정도 뛰었는데 너무 아파서 병원에 갔더니 오른쪽 무릎이 깨졌으니까 무조건 수술해야 한다고 했다. 다른 병원의 진단 결과도 똑같았다. 최용수 감독은 3위를 확정하고 나서 수술하면 안되겠느냐고 부탁했고, 그렇게 두 달을 더 참고 뛰었다. 그때 우리는 몇 승만 하면 3위를 확정할 수 있었다. 그런데 계속 지고 비기고 지고 비기고… 결국 마지막 경기까지 와버렸다. 마지막 대구 원정에서 비기면서 3위가 확정됐고, 다음날 바로 수술했다. 무릎을 덮는 슬개골이 나가 떨어진 상태였다."

"수술 이후에 신체 균형이 다 깨지기 시작했다. 박진섭 감독이 오고 나서 컨디션이 좋아졌다. 제주도 동계훈련에서 내가 6경기 연속 골을 넣었다. 그런데 마지막 연습 경기에서 횡돌기 뼈(척추) 3개가 부러졌다. 3~4개월을 쉬면서 몸이 완전히 가라앉았다. 부상 복귀 뒤에 경기를 뛰

면서 조금씩 회복했지만 잘 안 되더라. 안익수 감독이 오고 나서 내가 10경기를 연속해서 풀타임으로 출전했다. 그러더니 왼쪽 아킬레스건이 터졌다. 수술했던 오른쪽 무릎에 힘을 싣지 않으려고 왼쪽에 힘을 주다 보니까 그게 터진 것이다. 나중에 복귀해서 훈련하는데, 경합 상황에서 늘 내가 가져왔던 볼을 전부 상대가 가져가더라. 그런 걸 보면서 마음을 내려놔야겠다는 고민이 커졌다."

고요한, 전 FC서울 미드필더

김기동 영입 효력이 나타날 때까지는 시간이 좀 걸렸다. 시즌 초반 벌어졌던 리그 홈 5연패 수렁은 허니문 분위기로 무마될 수 있었다. 6월 들어 중원 핵심인 기성용이 부상으로 장기 이탈하는 악재가 발생했다. 그런데 이때부터 서울의 성적이 급반등했다. 6월 22일 수원FC전 3-0 승리로 홈 연패를 끊은 서울은 두 달 동안 11경기에서 9승을 쓸어담았다. 전북이 바닥을 치고 있었고, 울산은 홍명보 감독 사임 악재로 주춤거리기 시작했다. 전주 원정에서는 5-1 대승으로 지긋지긋했던 전북 징크스도 깨졌다. 낯선 선두권 경쟁 구도 속에서 서울이 순위를 빠르게 끌어 올리자 구단 주변에서 큰 꿈에 관한 기대감까지 들리기 시작했다. 2024시즌이 종료된 시점에서 서울은 지긋지긋했던 하위 스플릿 신세에서 벗어난 것은 물론 AFC챔피언스리그 무대 복귀라는 성과를 획득했다. 스타 영입과 성적 개선은 관중을 불렀다. 11월 10일 37라운드에서 FC서울은 K리그 역사상 첫 단일 시즌 50만 관중을 돌파했다. 평균 관중도 전년 대비 5천 명 이상 늘어난 27,838명을 찍었다. 이대로 딱 1년만 더 나아가면 정말 '서울의 봄'이 올 것 같았다.

　2025시즌은 그런 기대와 정반대 방향으로 내달렸다. 시즌 개막 전 우승 후보 1순위로 평가받았던 서울은 AFC챔피언스리그 순위권에서 밀려나며 고개를 떨궜다. 시즌 도중 절대적 존재 기성용의 포항행이 결정타였다. '캡틴키'가 떠나는 순간, 김기동 감독은 상암에서 가장 고독한 사내가 되고 말았다. 성난 군중은 퇴근하는 선수단 버스를 막아 세웠다. 이례적인 팬 간담회 개최도 현장 분위기를 수습하지 못했다. 경기당 평균 관중은 김기동 감독 부임 전 수준으로 되돌아갔다. 1년 전, 팬들이

FC서울 때문에 산다

맛봤던 희망은 온데간데없이 사라진 채로 2025시즌은 간신히 막을 내렸다.

"FC서울 팬들이 데얀 이야기를 좋아하지 않는다고 들었다. 솔직히 나도 그 친구가 왜 그런 선택을 했는지 잘 모르겠다. 개인 사정이 있었겠지만, 그래도 FC서울의 레전드가 수원에 가면 곤란하지 않겠나. 본인이 뛰었던 FC서울에서 마지막에 은퇴식을 했다면 그 친구한테도 큰 축복이었을 텐데. 데얀 외에도 다른 곳에서 마무리를 하는 레전드들이 자꾸 생기는 것 같아 안타깝다. (기)성용이도 결국 떠났다. 감독과 선수가 조금씩 양보를 해야 했다. 성용이도 팀을 위해서 교체로라도 뛰고 그랬으면 좋았을 텐데. 서로 좋은 방향으로 대화했으면 이렇게 되진 않았을 것 같다."

최용수, 전 FC서울 감독

이 책의 원고를 작성하는 시점에서 FC서울 식구들의 만족감이 최상은 아니다. 별 다섯 개로 고객만족도를 묻는다면 채워지는 별은 두 개를 넘지 못할 것 같다. 레전드와 아름답게 헤어지지 못하는 패턴이 계속된다. 성과는 좀처럼 나지 않는다. 확신했던 지도자 체제에서 두 번째 시즌 들어 순위가 하락했다. 마지막 리그 우승은 2016시즌, 자력 우승은 2012시즌이었다. 국내총생산 기준 세계 5대 도시를 연고지로 삼는 구단치고는 허전하다. 2년간 마음을 보냈던 제시 린가드도 떠났다. 팬들의 마음에는 빈 방이 아주 많아 보인다. 만나는 사람들마다 툭 건드리면 불

평불만이 한여름 장대비처럼 쏟아졌다.

접속부사 '그래도'는 현 시점에서 서울 팬심에게 가장 어울린다. 화를 내고 버스를 막고 감독을 야유해도 2025시즌 FC서울은 리그에서 유일하게 2만 평균관중을 기록했다. 자식을 절대 포기하지 않는 부모처럼, 사랑을 절대 환승하지 않는 순정파처럼 팬들은 FC서울을 바라본다. 홈경기 연패가 이어져도 주말이면 상암으로 발걸음을 옮긴다. 전주에 가고, 울산도 가고, 서귀포, 도쿄, 상하이까지 날아간다. 그 여정에서 팬들은 자신들의 열정이 짝사랑으로 판명되지 않기만 바랄 뿐이다. 피치 위에서 직접 뛰었던 주인공들도 마찬가지다. 1984년 창단 멤버들을 비롯해 동대문과 안양을 거쳐 상암까지 이어진 많은 주인공이 FC서울을 '친정', '집'으로 표현한다. 그런 주인공일수록 팬들의 지지가 공짜가 아니라는 사실을 아주 잘 알고 있었다. 거꾸로 말하면 팬들의 소중함을 알기에 그들이 절대적 지지를 받는 이유일지도 모른다.

"나는 그리 뛰어난 선수가 아니었다. 손흥민처럼 슛이 뛰어나거나 돌파력이 좋거나 그렇지 않았다. 최용수 감독이 늘 "소금 같은 선수가 돼라. 주연보다 조연이 돼야 한다"라는 말을 자주 해줬다. FC서울에서는 내가 그런 역할을 해주지 않았나 싶다. 주위에 있는 동료들이 더 잘될 수 있도록 도와주는 선수. 그러면 나도 빛이 났다. FC서울의 가치도 올라갔고, 덕분에 내 가치도 올라갔다. 늘 감사할 따름이다. FC서울은 내가 모든 꿈을 이룰 수 있도록 해줬다. 그런 구단에서 많은 뛰어난 선수들을 제치고 나를 인정해줘서 최초의 영구결번이 되었다는 사실이 너무 감사하다. 엄청난 자부심을 느낀다."

고요한, 전 FC서울 미드필더

"내 인생에서 정말 큰 의미다. FC서울에서 9년 동안 좋았던 적, 나빴던 적 다 있었다. 사람들이 인생 전체에서 경험할 만한 일들을 나는 FC서울에서 9년 동안 다 겪었던 것 같다. 축구선수로서 발전했고, 멋진 사람들과 만나 그들의 문화를 알아갔다. 이곳에서 가족과 아이들을 키운다. FC서울은 내게 모든 것을 줬고, 나도 보답했다. 무엇보다 FC서울은 내게 소속감을 줬다. 어떤 선수는 8개 팀에서 뛰었다고 하고, 나는 스페인 출신이면서 돌아갈 스페인 구단이 없다. 내가 은퇴할 때가 되면 나는 내 팀이 FC서울이라고 자랑스럽게 얘기할 수 있다. 그렇게 말할 수 있어서 행복하다."

오스마르, 전 FC서울 미드필더

"너무 행복했다. 구단과 팬들에게 너무 감사하다. 함께 시간을 보냈던 우리 선수들도 감사하다. 나는 청춘을 다 바쳤으니까 후회가 없다. 선수와 지도자 생활을 했으니까 어떻게 감사의 표현을 해야 할지 모르겠다. 한 발 물러서서 보니까 내가 정말 행복한 팀에서 행복하게 지도자 생활을 했다는 생각뿐이다. 정말 재밌게 했다. 멋진 경기도 많이 했고, 기억에 남는 경기도 많았고."

최용수, 전 FC서울 감독

성과 여부를 떠나 프로축구리그라는 특성상 모든 구단의 존재감은 타의에 의해 부각되기도 한다. 슈퍼매치가 더 많은 관중을 불렀던 이유다. 수호신은 여전히 인천이나 전북 경기에 모든 자존심을 건다. 그런 몰입 과정 속에서 FC서울 팬들의 정체성은 더 높은 수준으로 각성된다. 공교롭게 2023년 수원이 강등되었고, 이듬해에는 인천이 같은 길을 걸었다. 중립 팬들의 시선에서는 2026시즌이 흥미진진하다. 인천이 돌아왔고, 안양이 2년 연속 1부 지위를 지킨 덕분이다. 물론 서울 팬들의 체감은 약간 다르다. 안양 팬들은 FC서울을 주적으로 삼지만, 정작 수호신은

상대를 라이벌로 인식하지 않는다. 절대 패해선 안될 경기이긴 해도 '라이벌전'은 아니다. 슈퍼매치의 긴장감은 그렇지만, 수원삼성의 빈 자리를 아쉬워하는 수호신이 거의 없는 이유도 비슷한 맥락이다. 인천이 돌아와서 경인 더비가 부활했다고? 달갑지 않다. '꼴보기 싫은 녀석들'을 다시 봐야 하기 때문이다.

"서울이 안양의 라이벌일까 아닐까. 라이벌이 아니다. 제일 강등됐으면 좋겠다고 생각하는 구단을 꼽자면 안양이다. 그러나 라이벌이 안양은 아니다. 수원과 다시 만나기를 바라느냐고 묻는다면 나는 슈퍼매치 당일의 감정이 그립지 수원이 그립진 않다. 라이벌전 아침에 느끼는 비장함, 긴장감, 이기면 기쁨, 지면 화남, 그런 감정이 그리울 뿐이다. 구단이 생각하는 최대 라이벌은 수원일 테지만, 팬들끼리 생각하는 최대 라이벌은 인천이지 않을까? 뭔가 인천은 혐오한다는 감정에 가깝다. 너무 꼴보기 싫다. 김남춘이 그렇게 됐을 때, 경기장도 완전히 상갓집 분위기인데 자기들 잔류했다고 환호하는 원정 팬들이 있었다. 수호신 초창기 때 창고를 부수고 배너를 훔쳐가기도 했다. 수원도 가끔 사건이 있긴 했어도 우리끼리는 뭔가 선을 넘지 말아야 한다는 공감대가 있다. 그런데 인천은 항상 그 선을 넘는다. 슈퍼매치에서 졌다고 해서 물병을 던지진 않는다."

김주한, 수호신 회장

"슈퍼매치는 일주일 전부터 팀 분위기가 바뀐다. 고참들이 분위기가 좋다고 해서 슈퍼매치는 이길 수 있는 경기가 아니라고 말해준다. 슈퍼매치는 분위기가 아니라 몸으로 싸워야 하는 경기다. 이제 슈퍼매치를 하고 싶어도 못 한다. 사실 나는 수원삼성이 강등되면 안되는 팀이라고 생각한다. 라이벌로서 계속 전쟁을 해야 하는 팀이다. 선수들도 그렇고 팬들도 그렇고 상대가 있어야 한다."

"FC서울 선수들끼리 하는 말이 있다. 어린 선수들에게 '너희 K리그 데뷔했어?'라고 묻는다. 데뷔했다고 대답하면, '아니, 슈퍼매치 뛰어봤느

냐고?'라고 다시 묻는다. FC서울 선수는 슈퍼매치를 뛰어야 K리그를 뛴 거라고 말할 정도로 우리에겐 정말 엄청나게 중요한 경기였다. 어린 선수들은 슈퍼매치를 뛰면 경험이 많이 쌓이고 성장한다. 나도 그랬다. 빅매치란 뛸 때는 모르지만, 뛰고 나서 다른 경기에 출전하면 긴장감이 훨씬 덜하다는 걸 느낄 수 있다. 어린 선수들이 슈퍼매치처럼 큰 경기를 많이 뛰었으면 하는 바람이다."

고요한, 전 FC서울 미드필더

"2008년 챔피언결정전에서 눈 내렸던 게 더는 슬프지 않다. 왜냐면 수원은 내려갔으니까. 수원이 올라와야 라이벌전이 생겨서 재미있다고 하는 사람도 있지만, 나는 수원이 그냥 지금 있는 곳에 계속 있었으면 좋겠다. 지금 행복해 보이잖아? 거기서 대접받고 살고 있으니까. 부산에서도 홈 팬들한테는 안 열어주는 게이트를 수원 원정 팬들 왔다고 열어주고, K리그 1부에 올라오면 그런 대접을 어디서 받겠는가?"

강동희, FC서울 팬

어떻게 하면 FC서울은 'FC서울다움'을 되찾을 수 있을까? 여러 부문에서 다양한 개선이 필요할 것이다. 충신 오스마르는 선수단 내 멘털리티를 강조한다. 그는 FC서울을 진심으로 사랑한다. 국내는 물론 아시아 최고 클럽이라는 자부심이 그를 달리게 했다. 그런 만큼 오스마르는 FC서울에서 뛴다는 것이 어떤 의미인지를 선수들에게 좀 더 강하게 주문해야 한다고 말한다. 상암에서 전성기와 암흑기를 모두 겪었던 구단 첫 외국인 주장이었기에 그의 강한 목소리에는 울림이 크다.

"FC서울은 평범한 구단으로 살아가는 것에 만족해선 안된다. 구단은 이런 환경에 걸맞은 의무와 책임을 선수들에게 더 강조할 필요가 있다. 솔직히 나는 FC서울이 한국인 지도자나 선수들에게 더 강하게 요구하지 않는 이유를 잘 모르겠다. K리그에서 왜 전북현대가 최고가 돼야 하는지 모르겠다. 인구 1천만 도시, 6만 석짜리 홈경기장이 있다. 왜 FC서울은 더 많은 관중을 부르지 못하는 걸까? 왜 FC서울에 최고의 선수들이

없는 걸까? 한국 선수들은 왜 이런 환경에 소중함을 느끼지 못하는 걸까? 외국인 선수들이 보기엔 그런 게 너무 이해가 가지 않았다."

"서울에 있을 때, 선수들에게 '도대체 뭘 기다리는 거냐?'라는 말을 자주 했다. 다른 K리그 구단에 가고 싶은 건가? 이미 최고 구단에 소속되어 있는데 말이다. 도대체 뭐가 선수들로 하여금 최선을 다하지 않게 만드는 걸까? 서울에 있으면서 편해 보이는 선수가 너무 많았던 때가 있었다. 구단이 선수들을 너무 편하게 해준다. FC서울 정도 되는 구단이라면 선수들에게 더 많은 것을 요구해야 한다. 서울에서 보면 점점 나빠지는 선수도 있다. 구단은 그런 선수를 100경기씩 뛰게 내버려둔다. 이해할 수 없었다."

"모든 선수에게 지금보다 더 강하게 요구해야 한다. 강원에선 적당히 해도 되는지 모르겠고, 포항에서도 적당히 해도 되는지 모르겠다. 하지만 FC서울에선 곤란하다. 함께 뛰었던 다른 외국인 동료들도 구단이 한국인 선수들을 '푸시'하지 않아서 불만이었다. 멋진 인생을 원한다면 그라운드 위에서 입증해야 한다. 하루가 아니라 매일 입증해야 한다. 그럴 수 없는 선수에겐 서울에서 프로축구선수로 살아간다는 보상을 줄 수가 없다. 나는 FC서울이 그런 구단이 돼야 한다고 생각한다."

오스마르, 전 FC서울 미드필더

2025-26시즌 기준 잉글리시 프리미어리그에는 런던 클럽이 7개나 된다. 하위 리그로 범위를 넓히면 프로축구단만 20여 개에 가깝다. 마드리드, 파리, 밀라노, 베를린, 이스탄불, 모스크바 등 유럽 굴지의 대도시도 2개 이상의 연고 클럽들이 경쟁 중이다. 서울도 2개 구단을 보유하고 있지만, 한국 축구의 성지 서울월드컵경기장을 홈그라운드로 사용하는 구단은 오직 하나 FC서울뿐이다. 그냥 하늘에 뚝 떨어진 환경도 아니다. 서울 복귀는 초창기 공신들의 장기적 비전과 각고의 노력이 있었기에 가능했던 성과였다. 그런 열정은 대물림되고 있다. 수퍼리그 시절부터

지금까지 경기장을 찾는 올드팬부터 상암에서 박주영, 세뇰 귀네슈, 최용수, 이청용, 기성용, 고요한, 오스마르를 보면서 열광했던 현재의 수호신에 이르기까지 세대에 걸친 위대한 연결이다. 그런 만큼 FC서울은 언제나 많은 것을 요구받는다. 원정 티켓을 구하기 어렵다는 피부적 요구부터 정상 탈환이라는 큰 꿈까지 다양하다.

"주변 얘기들 들어보면 사소한 것들인 것 같다. 예를 들면 시즌권을 비싸더라도 원하는 사람이 살 수 있도록 좀 팔았으면 좋겠다는 이야기다. 예전처럼 시즌권 사면 줬던 선물 같은 거 안 줘도 되고, 프리미엄을 붙이더라도 상관없다. 지금 티케팅할 때마다 피가 마른다. 그 시간에 딱 맞춰서 해야 하니까 너무 힘들다. 1년 동안 앉을 수 있도록 미리 살 수 있게 해주면 좋은데 왜 그렇게 안 해주는지 모르겠다. 지금 시즌권 숫자가 너무 적다."

강동희, FC서울 팬

"스트라이커 두 명. 발이 빠른 스트라이커를 영입하면 좋겠다. 젊은 시절의 마이클 오언 같은 선수. 그게 아니라면 지난 겨울에 주민규를 왜 영입하지 않았는지 모르겠다. 지금 대전에서 골을 많이 넣고 있지 않나. 지금 웬즈데이에 2년 전까지 잘 뛰었다가 올 시즌 자신감이 떨어져서 부진한 선수가 한 명 있다. 그런 선수를 임대라도 서울에 데려와서 몇 개월 쓰고 보내면 좋을 것 같다."

폴 카버, FC서울 팬

"요즘 티켓을 구하기가 어려워졌다. 예전에는 K리그 표가 없어서 못 가는 일은 없었는데, 요즘 원정 티켓 구하기가 쉽지 않다. 그리고 신규로 유입되는 팬들 중에서도 성적이 좋든 말든 팬층이 좀 더 단단해지면 좋겠다는 생각이 있다. 단순히 린가드 보러 간다거나 성적이 빠지면 관중이 내려간다거나, 그렇게 되지 않았으면 좋겠다. 2004년, 2005년 유입

FC서울 때문에 산다

되어 10년, 20년씩 자리를 지켜주는 팬들처럼 단단한 팬층 형성이 필요하다."

김주한, 수호신 회장

서울 팬들은 AFC챔피언스리그 무대를 자기 안방처럼 들락거렸던 시절을 어제 일처럼 생생하게 기억한다. 그게 벌써 10년 전이라는 사실이 쉽게 믿기지 않는다. 그렇다면 앞으로 10년 후의 FC서울은 어떤 모습일까? 지금처럼 '그래도'를 부여잡고 면산만 쳐다봐야 하는 상황이 이어지고 있을까? 획기적 변화가 일어나 모두가 원하는 그림이 눈앞에서 펼쳐질까? 대부분 비어있는 2층 스탠드의 풍경은 또 어떻게 변해 있을까? 생각해보면 정말 금방 닥치는 시간이 바로 10년이다. 변화가 만들어지려면 지금 이미 지향점을 향해 출발했어야 한다.

"좀 멋진 클럽 하우스가 생겼으면 좋겠다. 2004년부터 봤는데 지금이 더 나빠진 것 같다. 땅 문제가 어렵고 복잡하다고는 해도 클럽하우스는 빨리 해결해야 한다. 지금은 정말 좀 창피한 수준이다. K리그 팬으로서, FC서울 팬으로서 울산이나 전북 같은 팀들의 클럽하우스를 보면 부럽다는 생각이 든다."

"처음 서울 팬을 할 때, 10년 후에는 많은 팬, 더 많은 서울 시민이 좋아해줄 거라는 꿈을 꿨다. 10년이 지났는데도 크게 달라지지 않았다. 20년이 지났다. 예전에 비해 좀 노출도 되고 인지도 되는구나 싶지만, 내가 생각

했던 시간보다 너무 느리다. 시대 흐름과 구단 내부 속도가 너무 다르다. 서울은 뭘 해도 달라야 한다고 생각한다. 앞으로 10년 뒤에 서울도 뭔가 달라지길 바란다. 관중 3만, 4만은 쉽게 채울 수 있고, 경기장에 가는 게 일상 생활이 되는 것, 그게 내가 꾸는 꿈이다."

강동희, FC서울 팬

　클럽하우스는 현재 구단 내에서도 중요 현안 중 하나로서 다루어진다. 알다시피 구리 챔피언스파크는 그린벨트 지정구역이다. 시설 증축 자체가 법적으로 불가능하다. FC서울이 LG트윈스가 떠난 부지를 매입하지 않았던 이유도 개발 제한 때문이었다. 어떤 시설도 새로 짓지 못하는 부지를 매입하는 것은 논리에 맞지 않다. 챔피언스파크의 한계는 시설을 직접 사용하는 구단이 제일 잘 안다. GS그룹도 새로운 클럽하우스의 필요성을 공감한다. 현재 모기업과 구단이 함께 새로운 보금자리 마련 구상을 진지하게 검토하고 있다는 전언이다.

"힘든 시간을 지나서 우승권에 항상 있고 클럽월드컵까지 나가는 그런 구단이 되지 않을까? 어쨌든 오산고가 거의 10년 넘었다. 그 친구들도 계속 끌어올려야 하고, 방향성을 좀 잡아간다면 충분히 가능하다고 생각한다. 이름 있는 선수들을 돈 많이 들여 데려오지 말고, 네덜란드 클럽들처럼 될 것 같고, 또 됐으면 하는 바람이다."

박경서, FC서울 팬

"최근 10년 동안 선수 영입은 우승을 목표로 하는 팀이 아니었다. 올해 들어 조금 신경을 쓰는 것 같은데 그래도 한참 부족하다. 단순히 비싼 선수만 데려오라는 게 아니다. 꾸준하게 안정적으로 좋은 선수들을 불러 모아야 팀이 강해지고 위닝 멘털리티가 쌓인다. 조금 더 적극적으로 우승에 도전하는 팀이 되었으면 좋겠다."

"조금만 더 하면 되는데 그 '조금'을 안 하는 것 같다. 항상 FA를 데려오

FC서울 때문에 산다

고 대부분 실패했다. 그런 선수들만 계속 쌓이니까 팀 자체의 위닝 멘털리티가 많이 없어진 듯하다. 선수 영입에 인색하다 보니까 팀 분위기 자체가 그냥 그대로 여태까지 온 것 같다. 수도 서울의 클럽으로서 책임감을 좀 더 느꼈으면 좋겠다. K리그 전체를 이끌어가는 팀이 되길 바란다. 팬들은 자부심을 갖고 있다. 성적만 나오면 FC서울은 모든 면에서 압도할 수밖에 없다. 서울 자체가 시장이다. 성적만 내면 된다. 독일에는 바이에른뮌헨 팬과 바이에른을 싫어하는 나머지 팬으로 나뉜다. 이탈리아에서는 유벤투스가 그렇다. FC서울도 그렇게 되길 바란다."

이재성, FC서울 팬

"앞으로 10년이라면 리그는 두 번 정도 우승하지 않으면 큰 실패라고 생각한다. 그런데 10년 동안 한 번 강등돼도 나는 놀라지 않을 것 같다. 절대 강등되지 않는 팀이란 없다. 지난 시즌 전북도 강등될 뻔했고, 수원은 강등되어 지금 못 올라오고 있다. 지금까지 FC서울은 승강플레이오프 한 번 했고, 하위 스플릿을 대여섯 번 했다. 강등은 되지 않았지만, 그래도 불안할 때가 많았다. 지금이야 K리그1과 K리그2의 차이가 있으니까 플레이오프를 해도 거의 패하지 않는다. 하지만 그 차이가 줄어들면 위험이 커진다."

폴 카버, FC서울 팬

그라운드 안에서 성적은 아쉽다. 부인할 수 없는 사실이다. 하지만 프로축구단은 그라운드 밖에서도 제대로 작동해야 시장 경쟁력을 획득할

FC서울 때문에 산다

수 있다. 창단 시점부터 줄곧 FC서울은 '리딩클럽'이라는 모토를 고수
한다. K리그에서 트렌드세터로서 앞서가야 한다는 믿음은 동기부여인
동시에 일종의 강박으로서 구단을 채찍질한다. FC서울은 리그에서 직
원 수가 가장 많은 구단이다. 관중 수, 입장 수입 규모, 유니폼 판매량, 매
출 대비 자체 수입 비중 등 모든 지표에서 FC서울은 압도적 1위를 달린

다. 이런 성과는 단순히 서울 연고라서 공짜로 생기는 보너스가 아니다.

FC서울은 CX팀(Customer Experience)을 별도 부서로서 운영한다. 팬들의 목소리를 듣는 전담 부서가 설치된 K리그 구단은 FC서울이 유일하다. 리그에서 가장 먼저 구단 상설 매장(FC서울팬파크)을 설치했고, 구단 IP 부가상품 개발 및 판매, 경기장 내 F&B 전용 공간(스카이펍) 운영 등도 모두 리그 최초의 시도였다. K리그 역대 최다 관중 경기 순위표에서 1위부터 13위까지가 전부 FC서울의 홈경기로 채워진다. 그라운드 바깥에서 심어진 구단의 뿌리가 단단하기에 가능한 성과라고 해야 옳다. 현재 K리그에서 자립 경영 가능성이 가장 큰 구단을 꼽으라면 단연 FC서울이다. 그래서 2016년 리그 우승 이후 지금까지 이어지는 축구 성적이 더 아쉽게 느껴진다. 팬들은 물론 구단에서 일하는 모든 이의 눈높이에는 턱없이 부족해 보인다.

이 책을 만들면서 많은 '서울 식구'를 만났다. 다양한 이야기가 오갔다. 그때 그 장면을 함께 떠올리면서 추억에 빠졌고, 무의미한 '그때 그 랬다면'이라는 가정에 기반한 상상도 전개되었다. 산파 역할을 했던 베테랑 행정가는 "내가 했던 일 중에서 관중 기록이 가장 뿌듯하다"라고 말했다. K리그 역대 최다 관중 경기는 대부분 상암에서 열린 FC서울의 홈경기였다. 리그 역사를 통틀어 5만 관중을 넘겼던 6경기도 당연히 전부 FC서울의 홈경기들이었다. 역사적 첫 경기부터 골문을 지켰던 수호신, 국내 프로축구 역사상 최초로 100골에 도달했던 골잡이, 선수와 지도자로서 모든 영광을 쟁취했던 '서울의 영웅', 자신의 프로 생활 18년을 오로지 서울에서만 뛰었던 영구결번 주인공, 스페인에서 태어났으면서도 FC서울을 '내가 돌아갈 수 있는 유일한 곳'이라고 말하는 레전드도 그런 자긍심과 자부심을 숨기지 않았다. 지금은 역사 속으로 사라진 동대문운동장의 관중석에서 럭키금성황소 시절을 목격했던 팬의 이야기도 큰 도움이 되었다. 흥미롭게도 가장 나이가 어린 팬과 나눴던 대화가 기억에 남는다. FC서울이 리그 우승컵을 들어올리는 모습을 한번도 제대로 본 적이 없는 고등학생 팬 달이다.

"기본적으로 나는 서울 팬이 된 이후에 웃을 때보다 눈물 흘릴 때가 훨씬 더 많았다. 내가 '사기 당했다'라고 말하는 이유다. 2020년, 2021년, 맨날 '하스'에만 있으면서 강등 걱정하고, 친구들도 서울 경기를 왜 보느냐고 놀렸다. 그때는 나도 '내가 왜 FC서울 경기를 보는데 시간을 투자하는 거지? 아빠 돈을 써가면서 이걸 내가 왜 보는 거지?'라는 생각을 되게 많이 했다. 이제는 뭔가 '언젠가는 잘하겠지'라고 생각하면서 받아들이고 있다. 이제 와서 후회해봤자 세상이 바뀐다고 생각하지 않는다. 이렇게 기다렸으니까 언젠가는 한 번 우승하지 않을까? 내가 안 보기 시작했다가 갑자기 우승해버리면 뭔가 너무 아깝고 화날 것 같다. 10년이든 20년이든 그냥 지켜보려고 한다. 언제 우승하는지."

이동현, FC서울 팬

FC서울 때문에 산다

FC서울 때문에 산다

SEOUL 1983

초판 1쇄 펴낸 날 ｜ 2026년 1월 23일

지은이 ｜ 피버피치
펴낸이 ｜ 홍정우
펴낸곳 ｜ 브레인스토어

책임편집 ｜ 김다니엘
편집진행 ｜ 김진호, 정채현, 박혜림
디자인 ｜ 이예슬
마케팅 ｜ 방경희
사진 ｜ FC서울, 한국프로축구연맹, 강동희

주소 ｜ (03908) 서울시 마포구 월드컵북로 375, DMC이안상암1단지 2303호
전화 ｜ (02)3275-2915~7
팩스 ｜ (02)3275-2918
이메일 ｜ brainstore@publishing.by-works.com
블로그 ｜ http://blog.naver.com/brain_store
인스타그램 ｜ https://instagram.com/brainstore_publishing

등록 ｜ 2007년 11월 30일(제313-2007-000238호)